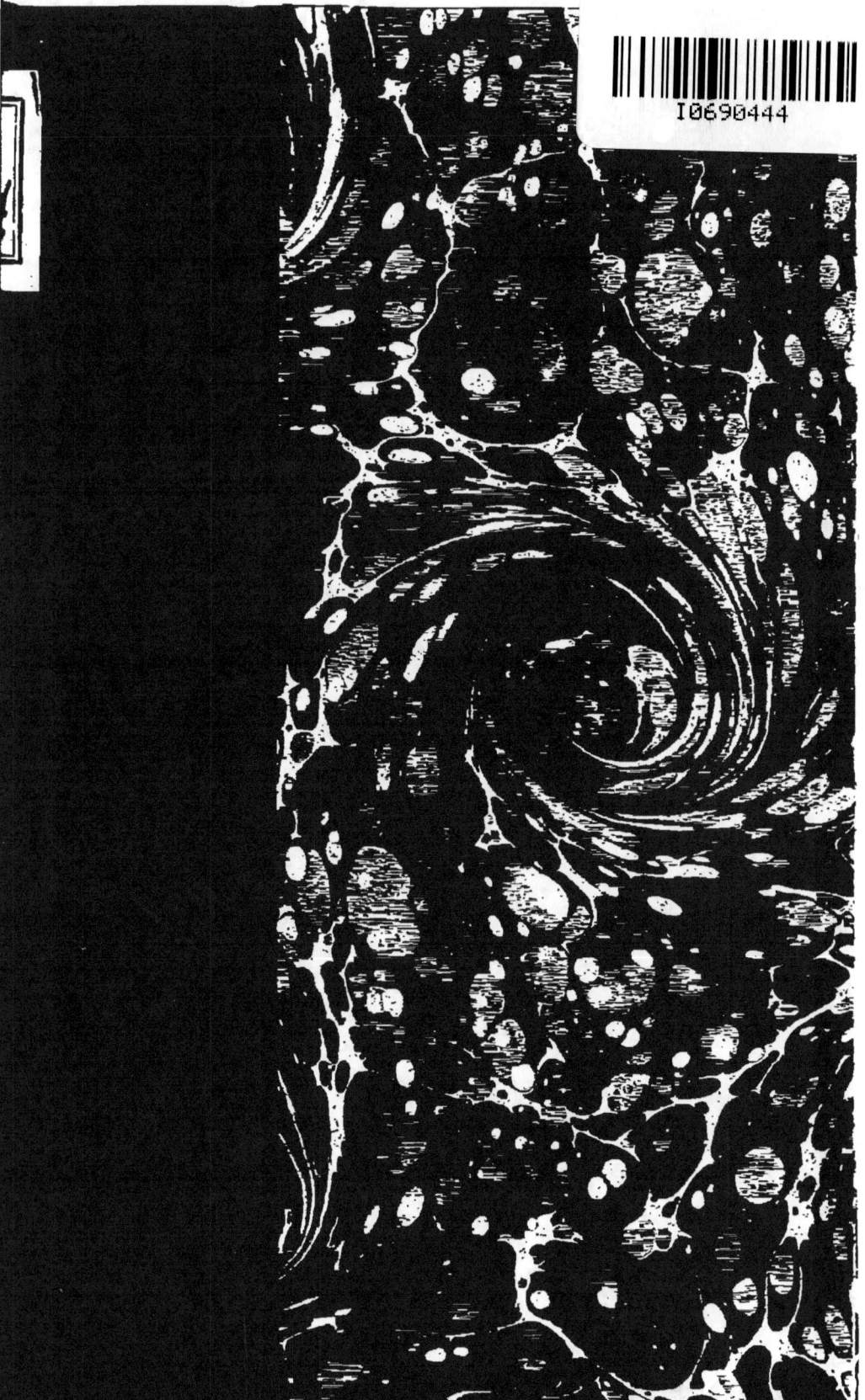

C.HOUDART ET.

LE TUEUR DE TIGRES.

Y²

C.

LE

TUEUR DE TIGRES

PAR

PAUL FÉVAL.

2

636

BRUXELLES,

ALPHONSE LEBÈGUE, IMPRIMEUR-ÉDITEUR,

Rue des Jardins d'Idalie, 1.

(Entrée par la rue Notre-Dame-aux-Neiges, 60.)

1855

I

Tailleur à la mode.

Dans les magasins du tailleur Lewis, il y avait ce jour-là un mouvement extraordinaire. La foule des clients se pressait le long des comptoirs, et les employés ne savaient auquel entendre. Les salons pour essayer étaient pleins comme le reste. Le lecteur comprendra les motifs de cet empressement quand nous lui aurons dit qu'une plaque ovale, suspendue à la porte de M. Lewis, montrait orgueilleusement ces quatre mots écrits en lettres d'or : FOURNISSEUR DE CHRISTIAN MAC-AULAY.

Quel gentleman eût osé se montrer au parc, au club ou dans le monde sans avoir quelque chose à la Mac-Aulay?

Parmi les hommes qui assiégeaient les comptoirs, quelques dames se montraient çà et là, car Lewis venait de mettre en vente des spencers Christian et des amazones Mac-Aulay.

Au bout des magasins, il y avait un grand salon meublé avec recherche, qui donnait sur les appartements privés de M. Lewis. C'était là que le tailleur à la mode recevait les personnes de qualité. Quatre glaces magnifiques, contrariées selon l'art, permettaient aux clients de se voir du haut en bas et dans les plus minces détails de leur personne. Entre les glaces, des fauteuils façon seizième siècle prodiguaient leurs sculptures bizarres et s'adossaient à des bahuts du temps d'Élisabeth. Ce M. Lewis était un homme de goût. La preuve, c'est qu'il avait rassemblé dans ce salon, destiné à l'essai des twins et des redingotes, deux trophées d'armes antiques du plus merveilleux effet.

Hauberts d'acier, cuirasses, cottes de mailles, brassards, cuissards, genouillères, tibiales, salades, hausse-cols, haches d'armes, épées à deux mains, rondaches et dagues de Tolède. Il y avait surtout dans ces trophées deux arquebuses à mèche avec leurs fourches, qui excitaient vivement l'intérêt des connaisseurs. C'étaient deux épouvantables machines de guerre au canon évasé par le bout, et dont les ciselures profondes étaient pleines de vénérable rouille. Le pauvre Courtenay s'était démis l'épaule en voulant mettre en joue la plus petite des deux.

Dans ce salon décoré artistement, le commodore Robert Davidson était en train de se faire mesurer. La machine métrique en vieux chêne noir qui avait appartenu, suivant M. Lewis, au tailleur d'Henry Tudor, encadrait M. Davidson immobile, les jambes roidies, et retenant son souffle.

— Comment va, Lewis? s'écria-t-il; venez voir! j'ai parié que j'avais la même taille que lui.

— A deux pouces près, dit l'employé qui tenait la machine.

— Comment, deux pouces! protesta le commodore, est-ce vous qui prétendez cela, monsieur Michiels? Avancez, Lewis!

— Mac-Aulay a cinq pouces et vous sept, dit le tailleur, c'est clair.

— Pesez, alors. Je vous enverrais au diable, voyez-vous! Ne pouvez-vous pas peser quand je vous le dis!

L'employé tourna la vis, et le bras supérieur de la machine craqua, tant la pression qu'il exerçait sur le crâne du commodore était forte.

— Vous allez blesser milord! dit Lewis.

— N'ayez pas peur, monsieur Michiels! Vous, Lewis, je vous prie de vous mêler de vos affaires. Y a-t-il encore deux pouces de différence?

— A peu près, répliqua l'employé.

Une expression d'amer désappointement rembrunît le visage du commodore.

— Deux pouces! fit-il en sautant comme un furieux hors de la machine; il y a mauvaise foi! Et d'ailleurs, depuis quand se mesure-t-on avec des bottes? Un coup de main, monsieur Michiels?

M. Michiels s'exécuta comme un bon garçon, et le commodore, après avoir traversé la chambre pieds nus, se remit triomphant sous la règle.

— A vous, Lewis, s'écria-t-il, et pesez loyalement, cette fois!

Lewis tourna la clef à se rompre le poignet; la règle gémissait; le commodore devenait écarlate.

— Il s'en faut encore d'un bon pouce, dit le tailleur en reprenant haleine.

Le commodore baissa la tête et revint vers ses bottes.

— Je constate que vous n'avez pas voulu peser comme il faut, murmura-t-il. Tout le monde sait bien que Mac-Aulay et moi nous sommes de la même taille... Mais il y aura toujours des jaloux!

— Bonjour, Lewis, dit lord John Tantivy, qui entre la cravache à la main; je voudrais une casaque orange, vous savez?...

— Comme celle de Mac-Aulay! acheva le tailleur; Michiels, servez milord.

— Quelle espèce stupide que ces imitateurs! grondait

le commodore en tirant sur ses bottes à tour de bras.

— Entrez, milady, chanta la voix flûtée de sir Arthur, qui donnait le bras à lady Harriett, baroness Monteagle.

— C'est d'un goût exquis! commença la baroness.

Mais elle aperçut le commodore aux prises avec ses bottes trop étroites.

— Oh! s'écria-t-elle en se voilant le visage avec horreur, cela est choquant, choquant, en vérité!

Le commodore, écrasé par la conscience de son crime de lèse-bienséance, se cacha derrière une draperie, tandis que sir Arthur disait à Lewis :

— Milady voudrait une amazone Mac-Aulay.

— A cet âge, dit le commodore, quand la baroness fut partie, faire de pareilles extravagances! Je réfléchissais, Lewis; votre machine métrique est très-belle comme objet de curiosité, mais elle n'est peut-être pas juste. Pendant que j'y songe, vous ferez une amazone Mac-Aulay pour ma fille. Si celle-là imitait quelqu'un, je la renierais!

Il frappa du pied autant pour ponctuer sa phrase que pour assurer ses bottes et rétablir l'aplomb de son pantalon.

— A propos, s'écria-t-il tout à coup, je ne vous ai pas dit. Je suis au mieux avec lady Bridgeton, maintenant. Quelle femme, monsieur! Par exemple, je ne sais pas pourquoi elle en veut si mortellement à ce pauvre Mac-Aulay.

Monsieur, quelle âme! Les éditeurs de la *Revue* lui payent une guinée pour chaque vers; saviez vous-cela?

— Non, milord, repartit Lewis.

— Je sais toujours tout le premier, dit le commodore avec orgueil.

Puis il se rapprocha confidentiellement et ajouta :

— Ils ne se sont pas battus encore... Edgard et Mac-Aulay... La police les a empêchés de se joindre.

— Vraiment! fit le tailleur.

— Depuis ce matin, on a perdu la trace de Mac-Aulay.

— Depuis ce matin! répéta Lewis avec une innocence parfaite.

Dans les magasins, une voix de ténor commanda un pantalon Mac-Aulay.

— Écoutez cela! s'écria Robert Davidson avec un dépit concentré, ce n'est pas moi qui les fais parler! Ils finiront par donner un ridicule à ce pauvre Christian!

Une basse-taille bien timbrée lui répondit de la pièce voisine :

— Un par-dessus Mac-Aulay!

Le commodore se boucha les oreilles.

— Odieux, sur ma parole, odieux! dit-il. Vous savez la distance pour le duel? Un pas et demi, de pied ferme, avec des pistolets-carabines.

— On m'avait parlé de dix pas, interrompit Lewis.

— Laissez donc! Un pas et demi. Ce sera un beau spectacle, monsieur! Je cours après Mac-Aulay depuis trois jours pour le prier de me prendre en qualité de témoin. Je me suis fait recommander par des personnes bien placées auprès de lui. Si je ne réussis pas, eh bien! monsieur, je chercherai querelle à quelqu'un pour me battre à un pas et demi.

— Un habit Mac-Aulay, demanda-t-on dans le magasin. Tout ce qu'il y a de plus Mac-Aulay!

Un tressaillement névralgique agita le visage du commodore; il passa la main sur son front, où perlaient quelques gouttes de sueur.

— Ces misérables, murmura-t-il d'une voix altérée, ne demanderont donc jamais un habit Davidson, un gilet Davidson, une cravate Davidson! la moindre chose Davidson! Mon cher monsieur Lewis, reprit-il avec la dignité du malheur, vous me retenez là fort obligeamment, mais il faut que je trouve Mac-Aulay. S'il prenait un autre témoin, je serais capable d'en faire une maladie! Un pas et demi, de pied ferme! Il n'y a certainement que nous autres pour avoir de ces idées-là!

Il se dirigea vers la porte d'un air affairé; mais, au moment de sortir, il s'arrêta brusquement.

— Vous ai-je dit, pour lady Bridgeton? s'écria-t-il. Oui? Bien, bien! Votre serviteur, mon cher monsieur Lewis! Une autre fois que je serai moins pressé, je causerai plus longtemps avec vous.

Il inclina son chapeau comme il fallait pour ressembler à Mac-Aulay par derrière, puis il traversa les magasins en boitant une idée de moins qu'à Brighton, car depuis trois jours la jambe de Mac-Aulay devait aller mieux.

M. Lewis lui souhaitait intérieurement bon voyage, lorsque la figure discrète et décente du maquignon Carter se montra sur le seuil. Derrière le marchand de chevaux venaient le grave Staunton et le tendre Filowski.

— Vous êtes seul? demanda Carter; j'ai cru que ce commodore resterait là jusqu'à demain!

On se serra le doigt à la ronde.

— La presse est superbe ce matin chez vous! dit Staunton.

— Superbe! répétèrent Carter et Filowski.

Lewis haussa les épaules.

— Il y a bien de l'ivraie parmi le bon grain, murmura-t-il.

— Banque? fit Carter.

Lewis poussa un profond soupir qui eut de l'écho dans les trois poitrines de ses confrères.

— Allons, c'est un fait accompli, dit Carter, le Mac-Aulay baisse! Les tigres de l'Inde commencent à se faner; il faudra trouver autre chose, voilà tout. Mais songeons au plus pressé, messieurs, songeons à ce coquin de duel qui peut nous frapper comme la foudre.

Lewis prit un air orgueilleusement modeste.

— Messieurs, commença-t-il, vous aviez mis en moi votre confiance. J'ai fait tout mon possible...

— Au fait! interrompit Carter.

— Mac-Aulay est en lieu de sûreté.

Les fournisseurs se rapprochèrent d'un commun mouvement. Lewis semblait distrait et prêtait l'oreille à un bruit sourd qui se faisait à l'intérieur de sa maison.

— Où ça? demanda Carter.

— Chut! fit Lewis avec inquiétude.

On entendit comme un fracas de porcelaine brisée, puis le silence se rétablit.

— Je ferai la note du dégât, dit Lewis, et chacun payera sa quote-part.

Les fournisseurs le regardaient et ne comprenaient point. Il poursuivit :

— C'est notre cher lord qui fait ce tapage; je l'ai enfermé de force dans mon propre appartement.

Le même sourire vint à toutes les lèvres.

— Il a des livres, continua Lewis, du tabac de Turquie, du champagne, tout ce qu'il faut pour être heureux.

— Bravo! interrompit le chœur des associés.

— Ce qui ne l'empêche pas de se démener comme un diable et de tout briser dans ma chambre à coucher. Il menace de nous dénoncer à la police.

— Chartre privée! grommela Staunton en secouant la tête.

— Atteinte à la liberté d'un citoyen! ajouta Filowski, Polonais peu lettré, mais à qui son âme généreuse prêtait toujours des accents pleins d'éloquence.

— Bah! s'écria Carter, c'est l'affaire de quelques heures.

— Vous êtes donc en règle? demanda vivement Lewis.

Carter tira de sa poche un portefeuille, et du portefeuille une petite liasse de papiers.

— Une lettre de change! firent à la fois tous les fournisseurs.

Carter tenait ses chiffons entre l'index et le pouce, et souriait paisiblement.

— Je ne suis pas resté les bras croisés, dit-il; je savais que sir Edgard se fournissait chez Browne, dans Hay-Market; je suis allé chez Browne, et je lui ai acheté ceci.

Il déplia négligemment la lettre de change, ornée de son protêt.

— Il y a jugement, poursuivit-il, prise de corps, et cætera. On ne se bat pas à la prison de Fleet-Street!

Filowski saisit la main droite de Carter, tandis que Staunton lui serrait la main gauche et que Lewis criait :

— Bravissimo!

— Messieurs, dit le marchand de chevaux, vous êtes contents de moi, c'est ma récompense. Ne serait-il pas fâcheux, ou, pour mieux parler, intolérable, que le premier étourneau venu pût assassiner d'un coup de pistolet le crédit de négociants honnêtes et actifs ?

— Certes, certes, fit le chœur, ce serait intolérable!

— Edgard Lindsay réfléchira sous les verrous; mais, en attendant, messieurs, de la prudence! Il faut que Mac-Aulay soit gardé soigneusement.

— Gardé à vue, pardieu!

— Il faut..., reprit Carter.

— Permettez, interrompit Filowski avec émotion, nous sommes sa famille, à ce jeune homme! Il ne s'agit pas seulement d'un vil intérêt; j'ai pour Mac-Aulay le cœur d'un père et d'une mère. Cette nuit, je me le représentais percé d'un coup mortel, et mon oreiller se mouillait de mes larmes!

Ces choses, dites avec l'accent slave, ont une saveur que nous ne pouvons point rendre. Les fournisseurs commençaient à s'attendrir sérieusement, lorsqu'une jeune personne, voilée de vert et vêtue avec une élégante simplicité, sortit des magasins. Elle jeta tout autour d'elle un regard embarrassé.

— Mon père m'avait dit..., murmura-t-elle; je suis bien chez M. Lewis, n'est-ce pas?

— Je crois que j'ai l'honneur de parler à miss Amy Davidson? demanda le tailleur.

La jeune fille devint rouge comme une cerise sous son voile et balbutia :

— Mon père n'est donc pas ici?

— Le commodore est venu, mademoiselle, mais il est reparti.

Miss Amy fit un geste de désappointement, mais elle ne prit point congé. Un observateur eût compris bien vite qu'elle ne voulait point s'en aller et qu'elle ne savait comment rester.

— Pensez-vous qu'il revienne? demanda-t-elle en hésitant.

— Je ne sais, répliqua Lewis.

— C'est que... je voulais... je venais...

— Peut-être pour essayer l'amazone que milord votre père a commandée?

— C'est cela, s'écria miss Amy, qui saisit la balle au bond, je venais positivement pour essayer mon amazone.

— Alors, dit Lewis, si mademoiselle veut prendre la peine de passer dans le salon des dames...

— Ah çà! où donc est M. Lewis? demanda au dehors une voix douce mais accentuée résolûment.

Miss Amy fit un pas vers la porte comme pour s'enfuir.

— C'est lady Bridgeton! s'écria Carter.

Et Lewis se précipita vers les magasins en disant :

— Par ici, milady! Que d'honneur!

La fille du commodore s'était mise à l'écart et avait ramené son voile de manière à cacher entièrement son visage. Lady Bridgeton entra d'un pas leste et cavalier, la tête haute, et jouant avec une cravache mignonne qu'elle tenait à la main.

— Encore cette femme! murmura miss Amy consternée.

Les fournisseurs entouraient déjà lady Bridgeton, comme si c'eût été une reine.

— Je passais par hasard, dit-elle en se jetant dans un fauteuil, et je suis montée pour voir les draps de ma livrée.

— Je rends grâce au hasard, milady! fit Lewis.

Là lionne glissa une œillade moqueuse vers miss Davidson, qui se faisait petite dans un coin.

— Positivement, M. Lewis, dit-elle en riant, vous devenez un tailleur pour dames?

Amy baissait les yeux et feignait de ne point entendre.

« Je n'aurais pas dû venir ici; pensait-elle, mais cette lettre... »

Lady Desdemone Bridgeton poursuivait, en s'adressant à Lewis :

— Tout ce qu'il y a de plus beau pour mes gens, vous savez? M. Carter, j'irai voir aujourd'hui un attelage.

Carter se rengorgea.

— Je vous serais obligée, M. Staunton, ajouta la lionne, de m'envoyer deux ou trois boîtes ce soir.

— Tout entier aux ordres de milady, répliqua le gantier, qui salua comme un duc et pair.

Filowski agita gracieusement sa tête à la chevelure crêpue.

— Belle dame, dit-il en minaudant, moi seul je suis privé de l'avantage...

L'auteur de *David Rizzio* eut un franc éclat de rire.

— Quand j'aurai honte de mes bas bleus, monsieur Filowski, dit-elle, je m'engage à vous acheter des bottes.

— Oh! charmant! murmura M. Lewis.

— Délicieux! ravissant! répétèrent les autres marchands.

Miss Amy tournait le dos; elle avait tiré de son
une lettre qu'elle relisait à la dérobée.

— On dirait une écriture de femme! pensait-ell
« Ce matin, à midi, chez le tailleur Lewis...
personne qui a autant d'intérêt que vous à empêcher
duel... »

Elle referma la lettre et resta comme absorbée. Un br
soudain qui se fit dans les appartements voisins l'évei
en sursaut.

— Qu'est-ce que cela? demanda lady Bridgeton.
a-t-il un cabaret à côté?

— Milady!... balbutia Lewis évidemment embarras
ce n'est rien, je vous assure.

— Notre lion qui se démène dans sa cage, murmu
Carter.

Staunton et Filowski jetaient vers la porte des regar
inquiets.

Tout à coup, un domestique se précipita dans
chambre; il était fort en désordre et portait sur l'œ
gauche la trace d'un mémorable coup de poing.

— Ah! monsieur! s'écria-t-il, c'est un échappé d
l'enfer que vous m'avez donné à garder!

— Bien! bien! Sam, faisait Lewis, qui cherchait à l
imposer silence, modérons-nous, s'il vous plaît!

— Il a tout brisé, reprit Sam, tout, monsieur, depu
le pot à l'eau jusqu'à la pendule! Il a lancé la bouteille d
champagne au milieu de votre grande glace. Il a voul
me poignarder avec son couteau de table!

— Diable! diable! dit Staunton.

Filowski toujours bienfaisant, soufflait tant qu'il pouvait dans l'œil de Sam.

— Il faut aller! opina Carter.

Lewis se rapprocha de lady Bridgeton, dont les jolies lèvres avaient je ne sais quel sourire plein de malicieuse bonhomie. Le tapage redoublait.

— Veuillez m'excuser, milady, commença Lewis; un de mes parents...

Il resta court, parce que le parquet trembla comme si la moitié de la maison fût tombée.

— Du côté maternel..., ajouta Staunton, qui vint à son secours.

— Atteint de folie..., poursuivit Carter.

— De folie furieuse, madame! acheva tragiquement Filowski.

— C'est cela, s'écria Lewis, de folie furieuse, hélas!

Le sourire de lady Bridgeton prit une nuance de raillerie; elle leva sa cravache mignonne avec un geste fanfaron.

— Voulez-vous que je vous prête main-forte, messieurs? demanda-t-elle.

Lewis était trop ému pour sentir la pointe du sarcasme.

— Merci, madame, dit-il de bonne foi, j'espère que ces messieurs suffiront. Venez, messieurs, venez!

Les quatre fournisseurs se rangèrent en bataille et

entrèrent courageusement dans l'appartement privé
tailleur.

Lady Bridgeton les suivit un instant du regard.
qu'ils eurent disparu, elle se leva et s'élança vers la p
des magasins, qu'elle ferma au verrou.

Amy poussa un petit cri de frayeur.

Quand lady Bridgeton se retourna, vous eussiez
qu'un masque était tombé de son visage. Ce n'était p
la lionne à la beauté hardie, la femme transformée
le succès; ce n'était plus l'auteur de *David Rizzio* a
son auréole de gloire hermaphrodite, c'était Jane, ne
chère Jane, la pauvre jeune fille des premières pages
ce récit. C'était Jane souriante encore, mais émue e
jolie, que miss Amy Davidson crut la voir pour la p
mière fois.

Jane vint à elle et lui prit les deux mains bon
mal gré.

— Vous avez reçu ma lettre? dit-elle.

II

La perle des femmes.

Miss Amy Davidson leva sur Jane ses grands yeux étonnés; elle était loin d'être rassurée, et cependant quelque chose l'attirait déjà vers cette femme qui, tout à l'heure, lui inspirait une véritable aversion.

— N'ayez pas peur, dit Jane, dont la voix était douce et presque tremblante; c'est moi qui vous ai écrit cette lettre, mademoiselle; c'est moi qui vous ai donné rendez-vous ici.

— Ah! fit Amy avec un reste de défiance, et que me voulez-vous, madame?

— Je veux savoir, d'abord, si vous l'aimez.

Miss Amy prit ce petit air grave et digne de l'Anglaise blonde qui va prononcer le mot *shocking!*

— Écoutez, s'écria Jane avec pétulance, point d'enfantillages, au nom du ciel! Nous serons amies dévouées toutes les deux, ou nous serons mortellement ennemies. Dites-moi bien vite que vous ne l'aimez pas!

Sa parole commandait, mais ses yeux suppliaient, et miss Amy sentait qu'elle lui pressait les mains doucement.

— Qui donc? demanda-t-elle enfin.

— M. Christian Mac-Aulay.

— Madame! fit Amy offensée.

Jane se méprit et devint pâle.

— Serait-il donc vrai que vous l'aimez? murmura-t-elle.

— Mais non, assurément! s'écria miss Davidson.

Jane riant et pleurant lui jeta ses deux bras autour du cou.

— Merci! s'écria-t-elle avec effusion, vous ne savez pas le bien que vous me faites! Vous êtes si jolie, mademoiselle! J'avais bien peur de vous. Il faut que vous me connaissiez, et, comme je vous le disais tout à l'heure, nous serons amies, car nous avons désormais les mêmes intérêts. Vous aimez sir Edgard Lindsay, puisque vous êtes venue; notre avenir se joue du même coup.

Elle s'assit auprès de miss Davidson et garda ses deux mains serrées entre les siennes.

— Écoutez-moi bien, poursuivit-elle; je ne suis pas ce que je parais être, et ce masque de hardiesse m'est bien lourd à porter. Je suis une pauvre jeune fille comme vous, mademoiselle, une jeune fille qui souffre et qui combat pour son amour. Il m'a abandonnée, il m'a trahie, peut-être qu'il ne m'aime plus. Moi, je l'aime et je l'aimerai toujours : c'est ma destinée!

Elle sentit la main d'Amy qui répondait à son étreinte; la blonde miss avait déjà poussé deux ou trois gros soupirs en levant ses yeux bleus vers le ciel.

— J'ai fait tout ce que j'ai pu pour le haïr, continua Jane, pour le mépriser; car, l'oublier, je sentais bien que c'était impossible! Mais, quand il s'agit de lui, je n'ai plus ni raison ni conscience! D'ailleurs, s'interrompit-elle, comme si elle eût craint d'en avoir trop dit, il est bon, malgré le mal qu'il m'a fait; il est noble, malgré le rôle qu'on lui impose. Son malheur, c'est d'être ambitieux. Mais, de bonne foi, n'a-t-il pas le droit d'être ambitieux, lui le plus beau, le plus intelligent, le plus brave des hommes? Autrefois... oh! j'étais trop heureuse, il m'adorait. Maintenant... mais j'espère et je m'efforce. Quand je n'espérerai plus, il sera temps de mourir!

Une larme tremblait aux longs cils de miss Davidson.

—Mourir! répéta-t-elle, vous, si belle et si digne d'être aimée! Oh! non, non, vous ne mourrez pas, milady! Nous unirons nos efforts comme deux sœurs.

— Et combien je vous aimerai, chère petite sœur! interrompit Jane en couvrant son front de baisers.

Elles étaient là, toutes deux, serrées l'une contre l'autre; la chevelure noire de Jane ruisselait parmi les blonds anneaux de la chevelure d'Amy; elles étaient là, plus charmantes par le contraste, les yeux humides et à la fois souriants. Il n'y avait point d'exagération dans leurs paroles : elles se chérissaient déjà comme deux sœurs.

— Ah çà! s'écria tout à coup miss Amy en secouant sa gracieuse indolence, je le déteste, moi, ce M. Mac-Aulay! C'est lui qui vous fait tant souffrir, et c'est lui qui a perdu Edgard dans l'esprit de mon père!

— Je vous en prie, dit Jane, ne l'accusez pas devant moi!

— Puisque vous le voulez, je me tais. Mais comment faire? Le commodore est absolu dans ses volontés.

— Nous avons, nous aussi, nos volontés, répliqua Jane, qui se redressa d'un petit air vaillant.

— Il est le plus fort, soupira miss Amy.

— Eh bien, s'écria Jane, nous serons les plus braves!

Amy se sentait comme électrisée au contact de cette nature hardie.

— Ma sœur, dit-elle en appuyant sa jolie tête sur l'épaule de Jane, je crois que vous me donnerez du courage.

— Moi, j'en suis sûre! A l'œuvre, ma sœur! occupons-nous d'abord de ce duel.

— Oh! ce duel! fit miss Davidson qui redevint pâle.

— Êtes-vous prête à tout pour l'empêcher? demanda Jane.

— A tout!

— Eh bien, je vais vous dire un grand secret, reprit Jane, qui mit son doigt mignon sur ses lèvres, Mac-Aulay est ici.

— Ici! répéta miss Davidson étonnée.

Jane souriait tristement.

— Quand il est malheureux, dit-elle, il pense encore à moi. Il m'a écrit ce matin. L'intérêt de ces marchands, qui spéculent sur sa folle renommée, s'est mis jusqu'ici entre les deux adversaires : Christian est prisonnier dans cette maison.

Amy frappa joyeusement ses mains l'une contre l'autre.

— Tant mieux! tant mieux! s'écria-t-elle.

— Ne chantons pas encore victoire! S'il a pu m'écrire, il a pu écrire aussi à sir Edgard Lindsay.

—C'est vrai, murmura miss Davidson, qui perdit son sourire et baissa la tête.

— Il faut donc empêcher à tout prix sir Edgard d'approcher de cette maison. C'est pour cela que j'ai compté sur vous.

— Et vous avez bien fait!

— Vous savez où trouver sir Edgard? demanda Jane.

— Je sais toujours où le trouver, répondit miss Davidson en rougissant.

Elle se leva pour sortir; Jane l'arrêta.

—Un mot encore, dit-elle, tandis que sa voix prenait, à son insu, un accent de gravité; avez-vous confiance en moi, Amy?

— Vous me le demandez! s'écria la blonde fille avec reproche.

—Eh bien! dites à sir Edgard Lindsay qu'il faut que je le voie ce soir, sans témoins.

Miss Davidson ne put s'empêcher de répéter :

— Sans témoins?

—Chez moi, ajouta Jane. J'ai bien des choses à lui dire.

Amy la regarda en face.

— Jane, dit-elle, Edgard ira chez vous ce soir.

Elle tendit la joue à Jane, qui la pressa contre son cœur; puis elle sortit vivement par les magasins, en murmurant :

—A bientôt!

Jane était seule; elle appuya sa tête sur sa main et resta pensive. La foule ne cessait point d'encombrer les comptoirs. Jane n'entendait rien de tout le bruit qui se faisait près d'elle.

— Chère enfant! se disait-elle, on l'aime! Et comment ne l'aimerait-on pas? Si charmante et si bonne! Ah! se reprit-elle, tandis qu'une larme roulait lentement sur sa joue, quelle différence entre nous deux!

Elle se renversa sur son fauteuil, et regarda sans le voir le trophée d'armes qui lui faisait face.

— Ces idées de fortune l'entraînent et l'enivrent, murmura-t-elle; mais ne sais-je pas qu'il a bon cœur? Je combattrai, je resterai sur la brèche jusqu'au jour où son mariage aura brisé ma dernière espérance. Et je n'aurai ni fausse honte ni scrupule. Non! car nulle femme ne l'aimera jamais comme je l'aime et ne se donnera, comme moi, tout entière à son bonheur!

Un violent coup de pied ébranla les panneaux gothiques de la porte qui communiquait avec les appartements particuliers de M. Lewis. Jane se redressa et reprit sa cravache. Ce fut l'affaire d'un clin d'œil : lady Desdemone Bridgeton se retrouvait elle-même avec toute sa crânerie.

« Ce doit être lui, » pensa-t-elle.

Un second coup de pied enleva le pêne, et Christian, fait comme un bandit, se précipita dans la chambre. Il avait l'œil hagard, les cheveux en désordre, et tenait encore à la main le fameux couteau de table à l'aide duquel il avait voulu exterminer Sam.

C'était bien un prisonnier qui s'évadait de son cachot. A la vue de Jane, il fit un pas en arrière et se mit en garde.

— Ah! dit-il en la reconnaissant, c'est vous, madame!

Il avait la voix brève des fiévreux.

— Comme vous voilà fait, mon pauvre Christian! s'écria Jane, qui ne put réprimer sa gaieté.

— Ne riez pas, dit le lion d'un air sombre, je vous défends de rire! Je suis dans une position terrible!

— En vérité? Contez-moi donc cela.

— Sur mon honneur, madame, les coquins me le paye-
ront. Je fais serment d'en assommer trois ou quatre!

— Mais pour Dieu! Christian, qu'avez-vous donc?

Le lion s'élança vers elle et lui saisit le bras.

— Vous me demandez ce que j'ai! s'écria-t-il en grin-
çant des dents; ce sont des scélérats, madame! des drôles
ignobles! Ils m'ont enfermé! enfermé comme un enfant
méchant! De par tous les diables! je suis sujet anglais et
libre, ils en verront de belles!

— Calmez-vous, je vous en prie, dit Jane.

Christian fut sur le point de la battre; il écumait.

— Alors, vous n'êtes pas indignée de cette violence
infâme? reprit-il en croisant ses bras sur sa poitrine; Jane,
Jane, vous avez bien changé! Et voulez-vous savoir ce
qu'a imaginé ce honteux pendard de Lewis pour motiver
ses excès à mon égard? Madame, il me fait passer pour
fou! pour fou furieux, madame! Les valets, en m'appro-
chant, s'arment de balais et de tisonniers...

— Pauvre Christian! murmura Jane, qui se détourna
pour sourire.

— J'ai brisé la porte de ma prison, espérant gagner la
rue, mais toutes les issues sont gardées! Les corridors sont
pleins de commis qui ont des pistolets, et les coupeurs
brandissent leurs grands ciseaux dans les antichambres.
Figurez-vous que le cuisinier a voulu me passer sa broche
au travers du corps!

Christian mettait un tel feu à ce récit, que Jane eut beau faire et ne put retenir un éclat de rire.

— Vous riez, Jane! s'interrompit le malheureux lion, qui laissa tomber ses deux bras le long de son corps; cela vous fait rire, madame! Je vois bien que vous n'avez plus de cœur !

Jane devint sérieuse.

— Je ne croyais pas mériter vos reproches, Christian, dit-elle; il y a une demi-heure que j'ai reçu votre lettre, et me voici.

— Vous êtes bonne, ma chère Jane, vous êtes excellente! s'écria le lion, passant d'un extrême à l'autre; vous serez toujours ma meilleure amie, vous qui devriez me haïr!

— Pourquoi cela? demanda Jane gaiement.

— Au fait, c'est vrai, dit Christian d'un air piqué; j'oublie toujours que vous êtes entièrement consolée. Et je dois vous faire compliment, madame, sur la façon vraiment expéditive...

Jane eut un sourire espiègle et coquet.

— Vous teniez donc beaucoup à me voir pleurer éternellement? murmura-t-elle.

— Laissons cela, dit Christian d'un ton brusque; je suis fou de vous parler de ces fadaises. Jane, il s'agit d'une affaire sérieuse : mon honneur est engagé.

— Votre honneur, mon Christian?

— Je vous fais juge : j'avais pris rendez-vous pour aujourd'hui...

— Pour un duel, peut-être? interrompit Jane gaillardement.

— Pour un duel... qui a déjà été remis quatre fois.

Jane fronça le sourcil et secoua la tête.

— Quatre fois! répéta-t-elle en faisant un cerceau de sa cravache; circonstance aggravante!

— Vous sentez bien, Jane, que si je ne puis me trouver à ce rendez-vous, je suis à tout jamais déshonoré.

— Je ne vous cache pas, mon ami, que cela me paraît évident.

Christian joignit ses mains sur son estomac pour la regarder avec admiration.

— Vous êtes la seule femme au monde pour comprendre ces choses-là, Jane, dit-il, et je suis sûr que vous allez me servir.

— Comment donc! s'écria la jeune femme, de tout mon cœur!

Christian se précipita sur sa main et la secoua vigoureusement.

— Voilà ce que j'appelle une amie! dit-il. Il faut me fournir les moyens de quitter cette maison.

— Je ne demande pas mieux. Seulement, si l'on vous a fait passer pour fou, je ne vois pas...

— Cherchons!

— C'est cela, cherchons.

— En prévenant la police?

— C'est une idée... Mais la police empêche les duels.

— A qui le dites-vous, Jane! Ah! coquin, coquin de Lewis! Savez-vous ce qui va arriver? le commodore me regardera comme un lâche, et adieu mon mariage!

— Ceci est fâcheux au dernier point! murmura Jane, qui se pinça les lèvres.

— Fâcheux pour moi et fâcheux pour vous, reprit le lion, car enfin, si je me retire, ce petit Edgard pourrait bien épouser ma fiancée. Et vous, l'aimez-vous, Jane, ce petit Edgard?

Jane sourit, tourna la tête et balbutia :

— On ne peut donc rien vous cacher!

—Joli choix, pardieu! joli choix! grommela Christian. Ah çà! nous n'en sortirons pas! J'ai beau chercher, je ne trouve rien.

Il se frappa le front tout à coup.

— Victoire! s'écria-t-il; nous y sommes! j'ai le moyen!

— Voyons le moyen, fit Jane en dissimulant son inquiétude.

— Le commodore, ma chère! Faites seulement savoir au commodore l'embarras où je me trouve; dites-lui que je l'ai choisi pour témoin, et je vous jure qu'il me tirera de peine.

« Il en serait bien capable! » pensa Jane.

Elle ajouta tout haut :

— J'approuve le moyen, et je suis prête.

Christian ne se sentait pas de joie.

— Voilà mes drôles qui viennent, dit-il. Partez vite, Jane!

Lewis et Carter avaient déjà passé le seuil et s'avançaient avec précaution.

« Dieu veuille que je rencontre le commodore! pensait Jane, mon Christian l'attendra longtemps! »

— Comptez sur moi, ajouta-t-elle en prenant congé.

— Vous m'aurez sauvé plus que la vie! dit le lion, qui lui baisa la main.

Lady Desdemone Bridgeton passa comme une reine devant la haie des fournisseurs respectueux, et disparut par la porte des magasins.

Ce n'était plus seulement le quatuor important composé de Carter, de Lewis, de Staunton et de Filowski; on avait convoqué l'arrière-ban des intéressés : l'association tout entière était réunie. Il y avait un chapelier, un chemisier, un bonnetier; il y avait un coiffeur, un bijoutier, un dentiste; il y avait un marchand de meubles, un fabricant de chocolat, un entrepositaire de vermouth, et d'autres dont le dénombrement serait par trop homérique. C'était une armée.

Ils se tenaient rangés au devant de la porte, le chapeau à la main et l'échine courbée; on voyait bien qu'ils étaient prêts à faire toutes les soumissions possibles pour regagner les bonnes grâces du *cher lord*.

Le cher lord jetait sur eux de fauves regards et semblait aiguiser la foudre dont il allait les frapper.

— Approchez! dit-il d'un accent terrible.

Les fournisseurs tressaillirent sur toute la ligne. Christian se redressa.

— Voulez-vous me dire quel jeu nous jouons ensemble? reprit-il en contenant sa voix; avez-vous cru que j'étais un croquant de votre espèce? Parce que je vous ai loué mon corps, à vous, M. Carter, pour orner vos voitures et faire valoir vos chevaux; à vous, M. Lewis, pour mettre en lumière le drap que vous vendez à trois cent pour cents de bénéfice; à vous, M. Filowski, pour donner un certain vernis à vos chaussures; à vous tous, enfin, pour illustrer vos produits divers et changer votre plomb en or, avez-vous cru que je vous avais vendu mon honneur?

Filowski joignit ses mains osseuses, où il y avait beaucoup de verrues et beaucoup de bagues.

— Une si coupable pensée!... commencèrent à la fois Carter et Lewis.

— Messieurs, vous vous êtes trompés, continua Christian, si vous avez cru cela, c'est moi qui vous le dis!

— Hélas! cher monsieur!... voulut interrompre Staunton.

— La paix! Je me charge de vous faire voir, moi, la différence qu'il y a entre des banquistes et un homme de cœur!

— Banquiste! soupira Filowski. Ah! banquiste! moi

qui avais cinq mille paysans esclaves quand la Pologne
était libre!

— Voyons, cher lord, de quoi vous plaignez-vous?
demanda Carter d'un ton pénétré. M. Lewis vous aurait-
il laissé manquer de quelque chose?

— Je crois que vous me raillez! rugit le lion, qui
bondit et saisit Carter au collet.

Personne ne fit un mouvement pour défendre le maquignon en péril.

— Permettez, permettez, dit-il avec supplication; je
suis père de famille! Nous sommes tous pères de famille; nous avons fait fabriquer à force; nos magasins
regorgent...

— Que m'importe cela? s'écria Christian, qui le se-
couait à tour de bras.

— Vous pouvez me tuer, sanglotait Carter, je vous
dirai la vérité! Quand une vie est précieuse comme la
vôtre, on n'a pas le droit de la jouer!

— Se battre! appuya Lewis, pendant que le maquignon respirait, c'est bon pour les petits jeunes gens,
auteurs ou artistes!

— Mais un homme d'importance! ajouta Staunton.

— Songez, milord, songez, s'écria Carter, qu'il y a
des millions sur votre tête!

— Songez, milord, songez, répéta la voix attendrie
du Polonais, que vous êtes le patrimoine de nos enfants!

Il y eut un mouvement général, et tous les fournisseurs, accueillant cette idée sympathique, entourèrent le
illion en répétant les larmes aux yeux :

— Oui, milord, oui, vous êtes le patrimoine de nos
qpauvres enfants!

Christian lâcha prise, tant il fut stupéfié. Il y avait je
ne sais quoi d'anthropophage dans l'émotion de tous ces
braves gens. Christian eut comme un éblouissement; il
les vit tous avec de grandes dents affamées, prêts à le
dépecer et à le manger en famille.

— Alors, murmura-t-il en reculant d'un pas, vous
q prétendez...?

— Nous ne prétendons rien, dit Carter; nous sommes
littéralement aux pieds de Votre Seigneurie.

— Humbles, poursuivit Lewis.

— Soumis, ajouta Staunton.

— Dévoués sincèrement et profondément, acheva
Filowski.

— Nous étendons nos mains vers notre cher lord, reprit le maquignon, et nous lui représentons avec respect
qu'il s'agit tout au plus de vingt-quatre heures.

— Mais, misérables que vous êtes, gronda Christian,
ces vingt-quatre heures suffisent à me déshonorer!

— Du tout! repartit Carter en clignant de l'œil avec
triomphe, car il avait, cette fois, un argument sans réplique; du tout, milord! Nous tenons les journaux, vous
savez bien; les journaux diront tout simplement que sir
Edgard Lindsay a eu peur et a pris la fuite.

L'indignation étouffait Christian, il ne put dire qu'un mot :

— Infamie! infamie!

Les fournisseurs se regardèrent. On avait fait tout ce qu'on avait pu.

— Il faut bien, pourtant, que nous écoulions nos produits, dit Carter, exprimant l'opinion de tous, et puisque Sa Seigneurie ne veut entendre à rien, je propose...

— J'appuie! interrompit Lewis, en prêtant l'oreille à un bruit qui se faisait dans les magasins.

— On vient! dirent à la fois Staunton et Filowski.

Carter s'avança vers Christian et dessina un cérémonieux salut.

— En somme, dit-il résolûment, nous n'avons pas dépensé notre argent pour le roi de Prusse, et Votre Seigneurie est priée de rentrer dans sa chambre.

— Useriez-vous de violence? s'écria le lion, qui se mit sur la défensive.

— Avec regret, répondit Carter, qui donna de la main le signal du combat, et seulement à la dernière extrémité. Voulez-vous nous suivre, monsieur Mac-Aulay? Non?... Messieurs, prêtez-moi main-forte, et emmenons M. Mac-Aulay!

Au moment où l'intrépide Filowski retroussait ses manches pour commencer l'attaque, des voix s'élevèrent du côté des magasins, dont la porte s'ouvrit brusquement. On vit le commodore Davidson boxant un domestique qui essayait de lui barrer le passage. Edgard était derrière le commodore.

L'armée des fournisseurs s'arrêta consternée.

— Ah! ah! s'écria le commodore en portant un coup de poitrine au domestique; souvenez-vous de mon nom, l'ami : Robert Davidson! Je vous permets de dire partout que je suis un original. Entrez, Edgard. Tiens, voici Mac-Aulay! Mac-Aulay, avez-vous vu mon coup de poitrine? Mais quelles figures ils ont tous! ajouta-t-il en regardant les fournisseurs.

« Jane a tenu parole, pensait Christian ; quelle femme! »

Il salua Edgard, qui restait froid et roide auprès de la porte. Puis il se tourna vers les associés.

— Vous ne vous attendiez pas à celle-là, n'est-ce pas? dit-il avec triomphe. Monsieur Lindsay, je suis à vous, partons!

— La voiture est en bas avec tout ce qu'il faut, répliqua Edgard, partons!

— Partons! s'écria le commodore. Je suis témoin naturel et nécessaire.

Les fournisseurs, qui avaient eu le temps de se remettre, s'étaient massés au devant de la porte et tenaient une manière de conseil.

— Il faut payer de sa personne! disait Carter, non sans un léger tremblement dans la voix.

— Nous sommes six contre un, ajouta Filowski, déployons du courage!

— Place! s'écria Christian en s'avançant vers eux.

Carter parla tout bas à ses compagnons, qui firent un signe d'assentiment.

— Milord, répondit-il à Christian avec résolution, notre parti est pris : vous nous passerez plutôt sur le corps!

— Eh bien, nous vous passerons sur le corps! s'écria le lion, qui s'empara d'une chaise gothique et la brandit au-dessus de sa tête.

Edgard prit un mannequin, et le commodore saisit la machine à toiser qui lui avait donné méchamment deux pouces de plus qu'à Mac-Aulay.

— Attention, vous autres! commanda Carter aux fournisseurs, qui s'étaient divisés en trois ou quatre groupes, et vivement! Allez!

Ce fut un coup de théâtre. A ce signal, tous les associés s'éclipsèrent comme par magie par les différentes portes, et l'on entendit en même temps le bruit de toutes les serrures qui se refermaient en dehors.

III.

La guerre des Titans.

Christian tenait toujours à la main sa chaise gothique, Edgard son mannequin, le commodore sa machine
à mesurer; ils restaient en face les uns des autres, l'air
penaud, la bouche ouverte. Des éclats de rire étouffés
se faisaient entendre derrière toutes les portes.

— Que veut dire ceci? s'écria Edgard le premier.

Le commodore jeta sa machine métrique et s'élança
vers la porte des magasins dont il secoua le bouton.

— Fermée! murmura-t-il.

— Fermées! répétèrent Edgard et Christian qui venaient d'éprouver les autres serrures.

— Il n'y a pas à se faire illusion, ajouta le tueur de tigres, nous sommes prisonniers.

— Tout cela par jalousie, dit le commodore; je pénètre leurs desseins : on a voulu tout bonnement m'empêcher d'être votre témoin!

Edgard se promenait à grands pas dans la chambre.

— Il faut pourtant en finir, dit-il.

— Monsieur, répliqua Christian avec aigreur, je suis tout aussi pressé que vous!

— Et moi donc! s'écria le commodore; c'était une occasion unique. Voyons la fenêtre!

Il souleva le châssis et regarda au dehors.

— Peste! fit-il en se retirant vivement; c'est un peu haut! Messieurs, reprit-il en se rapprochant de ses compagnons de captivité, je vous propose de mettre le feu à la maison.

Edgard et Christian haussèrent les épaules; le commodore les retint chacun par un bras.

— C'est original, n'est-ce pas? dit-il; comprenez-moi bien : tous ces vieux meubles vont brûler comme paille; on viendra au secours, et nous nous esquiverons adroitement.

— Pardieu! dit Christian, battons-nous ici!

— Je vous remercie d'avoir eu cette idée! s'écria Edgard avec chaleur.

— Moi aussi, Mac-Aulay, moi aussi, fit le commodore qui fouilla précipitamment dans ses poches. Rien de plus aisé, grâce à Dieu! voici la poudre, voici les balles... Diabolique! diabolique! s'interrompit-il d'un air désespéré; les pistolets sont restés en bas dans la voiture.

Les deux jeunes gens firent un geste de dépit.

— Écoutez, reprit Robert Davidson, à la guerre comme à la guerre, n'est-ce pas? Vous pourriez toujours boxer un petit peu pour vous entretenir.

— Monsieur, dit Edgard solennellement, c'est un combat à mort qu'il me faut.

— Une arme! nous ne trouverons donc pas une arme! grondait le lion qui perdait patience.

Le commodore se tordait les bras.

— Mes amis, mes chers amis, dit-il, vous êtes en train, véritablement; c'eût été magnifique, et je donnerais tout au monde pour vous tirer d'embarras... Voyons, voulez-vous prendre chacun un de ces tisonniers?

Il montrait les deux lourdes barres de fer appuyées contre les parois du foyer.

— Bien entendu, ajouta-t-il en voyant que les deux jeunes gens souriaient avec dédain, bien entendu que nous les ferons rougir au feu préalablement.

Edgard et Christian tournèrent le dos.

« L'excessive originalité de cette idée les effraye, pensa le commodore; je vais imaginer quelque autre chose. »

Deux ou trois minutes se passèrent.

— C'est un supplice! dit Edgard en frappant du pied.

— Morbleu! monsieur, s'écria Christian, voulez-vous en venir aux tisonniers?

Le commodore se mit à genoux devant le foyer et fourra les deux barres de fer entre les charbons.

Mais Edgard et Christian poussèrent à la fois un cri de joie; ils venaient d'apercevoir les deux trophées. C'était tout un arsenal qu'ils avaient à leur disposition. Ils décrochèrent les masses d'armes : ce n'était pas facile à manier; ils décrochèrent les épées à deux mains et firent la grimace; le commodore les suivait de l'œil dans tous leurs mouvements, et une allégresse infinie lui dilatait le cœur.

Il était là, lui Robert Davidson, seul témoin des péripéties excentriques de ce drame; il grandissait dans sa propre estime et se sentait croître à la taille d'un géant.

— Tout cela ne vaut rien, dit Edgard, prenons les arquebuses.

— Les arquebuses! répéta Christian qui monta sur une chaise, c'est évidemment notre affaire!

Le commodore appuya ses deux mains contre son cœur.

—De toute beauté! fit-il avec un sérieux enthousiasme. Mes amis, j'ai voulu vous laisser le mérite de l'idée! Sir Edgard, tenez, vous êtes un vrai gentleman! si vous tuez

Mac-Aulay, je vous promets que vous serez mon gendre!

Christian époussetait son arquebuse; Robert Davidson la lui prit des mains : il montrait un zèle incomparable.

— Laissez, dit-il, c'est ma besogne. Je vais charger; préparez les fourches et les mèches.

Edgard et Christian placèrent les fourches vis-à-vis l'une de l'autre aux deux extrémités de la salle.

— Un peu loin! fit le commodore. Après ça, ces arquebuses doivent avoir la portée du canon. Dites-moi, j'avais apporté vingt-quatre balles, j'en mets douze dans chacune, n'est-ce pas?

— Douze balles! répétèrent Christian et sir Edgard.

— Je n'ai que cela, mes amis... à la guerre comme à la guerre! Je pense qu'avec six charges de poudre cela pourra marcher?

Edgard et Christian firent une grimace involontaire.

— Il reste quatre charges dans ma poire, poursuivit le commodore, je vous les partage fraternellement, puisque vous paraissez le désirer.

Tout en parlant, il bourrait les arquebuses à tour de bras.

— Avez-vous les mèches? demanda-t-il. Bon!... Quel tapage cela fera demain dans les journaux! Je donnerai moi-même tous les détails... Et il faudrait que les rédacteurs fussent bien idiots pour ne pas ajouter quelque chose comme ceci : « Le seul témoin de ce duel prodigieux était le brave commodore Davidson, si connu par son originalité. »

Il se frotta les mains, tandis que Christian et son adversaire regardaient les arquebuses chargées avec une sorte de défiance.

— Allons, mes chers amis, reprit le commodore, en place; voici vos armes!

Au moment où Edgard et Christian prenaient chacun une arquebuse, il ajouta sans sourciller :

— Désirez-vous que quelque chose soit fait après votre mort?

— Ma dernière pensée à votre fille, monsieur, dit tout bas Edgard.

— Bien! très-bien! mon pauvre garçon; je remplirai votre message... Et vous, Mac-Aulay?

Christian pensait :

« Jane ne m'aime plus! »

Il prononça tout haut et d'une voix ferme :

— Rien!

— Plein de caractère, ce rien! murmura le commodore; j'en ferai cadeau à lady Bridgeton pour sa prochaine tragédie. A vos pièces! mes enfants, commanda t-il en se penchant vers la grille de la cheminée pour allumer les deux mèches. Je pense que pas un seul Anglais ne pourra se vanter d'avoir vu pareille chose!

Les arquebuses étaient d'aplomb sur leurs fourches.

Edgard et Christian reçurent les mèches sans mot dire. Nous sommes forcé d'avouer que leur ardeur était un peu tombée.

Le commodore, au contraire, ne se possédait plus.

— Tout est bien réglé comme cela, dit-il. Visez avec soin; au troisième coup, vous tirerez.

Il frappa dans ses mains.

— Une! fit-il, deux!...

Edgard et Christian détournèrent la tête en fermant les yeux à demi. Les yeux du commodore flamboyaient comme deux étoiles.

— Trois! prononça-t-il avec éclat.

On peut être très-brave et ne pas aimer à se battre dans une chambre close, à trois mètres de distance, avec des arquebuses bourrées de huit charges de poudre et de douze balles. Ce n'est pas un combat en effet, mais bien un double suicide. Edgard et Christian ne pouvaient pas conserver l'ombre d'un doute; leur dernière minute était commencée. Ils répugnaient également tous les deux à cette boucherie stupide qui ne donnait satisfaction ni à l'un ni à l'autre, et qui, après la lutte, ne laissait point de vainqueur; mais ils n'osaient pas reculer parce que le commodore était là.

Deux hommes d'intelligence et de cœur pourtant! deux caractères décidés qui n'eussent point faibli devant une contrainte sérieuse! Le préjugé les tenait; la présence d'un fou les garrottait.

Ils allaient se mitrailler à bout pourtant, parce que ce pauvre bonhomme, Robert Davidson, avait dit : Une deux! trois!

Les deux mèches s'abaissèrent vers le petit cône de poudre qui recouvrait la lumière des arquebuses.

Il faudrait être Anglais et féru pour exprimer dignement ce qui se passait dans la tête du commodore. C'était une fièvre froide, un délire à la glace, mais c'était bien de la fièvre et du délire. Son imagination travaillait; il voyait par avance le résultat des deux explosions. Edgard et Christian allaient disparaître criblés, déchiquetés, anéantis. Les arquebuses allaient peut-être crever! Peut-être que la maison allait sauter!

Quel moment dans la vie du commodore! quelle attente! que d'angoisse et que de joie!

C'était, à tout prendre, un excellent homme, qui ne voulait de mal à personne; il aimait beaucoup sir Edgard et encore plus Mac-Aulay. Mais sa gloire, songez-y, mais sa renommée d'*eccentricman*, scellée à tout jamais par un coup de tonnerre!

Il respirait à peine, son cœur et ses tempes battaient.

Les deux mèches touchèrent les amorces au même instant; le commodore tourna sur lui-même et poussa un cri d'allégresse extravagante. La poudre brûla silencieusement et lança vers le plafond une double spirale de fumée. Ce fut tout.

Edgard et Christian restèrent immobiles et plus pâles

que des cadavres; ils ne savaient pas au juste s'ils étaient morts ou vivants.

— Dieu me damne! fit le commodore en se donnant un grand coup de poing dans la poitrine, ces choses-là n'arrivent qu'à moi! Nous allons recommencer, reprit-il d'un ton insinuant, car la piteuse mine des adversaires lui causait bien de l'inquiétude; ce n'est rien du tout, mes chers amis... un peu de rouille dans les che-minées.

Il prit une longue épingle sur la pelote de M. Lewis et se mit à déboucher les lumières des arquebuses.

— Faites vite! murmura Edgard d'une voix altérée; cette attente est intolérable!

— Le fait est, ajouta Mac-Aulay en faisant pour sourire un effort inutile, qu'on n'est pas ici sur un lit de roses!

Vous auriez eu pitié. Leurs visages se décomposaient comme si un poison violent eût agi sur eux. Quand leurs regards tombaient sur les gueules béantes des arquebuses, une sourde convulsion agitait leurs membres et de grosses gouttes de sueur coulaient le long de leurs joues livides.

Mais ils restaient à leur poste.

— C'est ma faute, disait le commodore, bavardant comme un dentiste qui veut amuser son patient; je suis un maladroit! Si j'avais songé à cela plus tôt, tout serait fini maintenant. Là! s'interrompit-il, après avoir renouvelé les amorces; cette fois nous allons marcher comme sur des roulettes. Je réponds de tout; ajustez!

Les deux agonisants se mirent en joue, soutenus qu'ils étaient par je ne sais quelle force machinale.

— Y êtes-vous? demanda Robert Davidson. Une! deux!...

Un cri de détresse retentit au dehors. M. Carter avait eu la curiosité de mettre l'œil à la serrure. Il ouvrit la porte et s'élança tout haletant dans la chambre.

— Trois! fit le commodore en se jetant à sa rencontre; feu! mes enfants, feu! vous avez tout le temps!

Les fournisseurs étaient déjà entre les deux adversaires. La pose du tendre Filowski rappelait celle de cette jeune Sabine, agenouillée, dans le tableau de David, entre Romulus et Tatius.

Le commodore désespéré s'était laissé choir dans un fauteuil.

— Affaire manquée! affaire manquée! répétait-il sans savoir qu'il parlait; je n'ai pas de bonheur.

Les autres portes s'étaient ouvertes, la salle était pleine de fournisseurs. Derrière eux se tenaient discrètement quatre constables avec leur baguette.

— Messieurs, leur dit Carter; veuillez faire votre devoir.

Edgard et Christian n'avaient pas encore prononcé une parole; ils avaient l'air de deux hommes tombés d'un premier étage et qu'on vient de relever tout étourdis.

— Lequel de ces deux gentlemen est sir Edgard Lindsay? demanda le chef des constables.

— Celui-ci, répondit Carter.

Le constable s'avança vers Edgard et de sa baguette lui toucha l'épaule en disant :

— Au nom de la reine! sir Edgard Lindsay, je vous arrête pour une lettre de change de cinq cents livres.

Il tenait à la main les chiffons qui naguère étaient dans le portefeuille de Carter.

Ceci fit sur Edgard l'effet d'un seau d'eau fraîche.

— C'est un guet-apens! s'écria t-il en retrouvant tout à coup son sang-froid.

Puis il ajouta en regardant Mac-Aulay avec un souverain mépris.

— Ce sont de vieux moyens, monsieur, mais qui réussissent toujours.

— Oseriez-vous penser...? s'écria Christian.

— Je pense que tout cela était concerté d'avance, répondit Edgard en lui tournant le dos.

Le commodore s'était levé languissamment; il s'approcha. Les dernières paroles d'Edgard furent pour lui comme un trait de lumière.

— Ah! Mac-Aulay! Mac-Aulay! dit-il avec mélancolie; c'est donc véritablement vous qui avez fait manquer l'affaire?

— Emmenez M. Lindsay! commanda le constable à ses hommes.

— Je vous retrouverai, monsieur, dit Edgard à Christian.

— Plus tôt que vous ne pensez, monsieur, répliqua

le lion, car je vais m'occuper de payer vos cinq cents
livres pour avoir le plaisir de vous revoir.

Au moment où sir Edgard sortait, entraîné par les
constables, Carter s'approcha du commodore et lui toucha
le bras.

— Vous ne devinez pas? fit-il en souriant et à demi-
voix.

— C'est pourtant bien simple, dit avec finesse le sen-
sible Filowski en l'abordant de l'autre côté.

— Quoi donc? demanda le commodore.

Carter haussa les épaules; Filowski cligna de l'œil;
Lewis et Staunton eurent un rire méprisant et plein
d'ironie.

— Que veut dire tout cela? s'écria le commodore
impatienté.

— Cela veut dire, milord, répondit Carter, que le
petit homme n'est pas maladroit... Il s'est fait arrêter
exprès.

Le commodore fut aussitôt frappé d'un nouveau trait
de lumière.

— Bah! fit-il, vraiment? Et moi qui soupçonnais ce
cher Mac-Aulay! Je sais bien ce que je vais faire; je vais
lui donner ma fille.

Il se précipita vers Christian qui restait seul et pensif
auprès de son arquebuse; mais, à moitié chemin, il fut
arrêté par un gros gaillard, marchant les mains dans les
poches, et qui lui barra sans façon le passage.

Le commodore recula d'un pas et mit le binocle à œil.

— Encore ce drôle! fit-il en reconnaissant Tom Borne ui avait pu pénétrer jusqu'au fond du sanctuaire, à la iveur de la bagarre.

Tom avait une figure de bonne humeur.

— Comment va? dit-il en faisant à Mac-Aulay un signe e tête familier; j'ai mangé mon argent.

— Voilà un coquin qui nous ruinera! dit Carter à ses ssociés.

Christian tira son portefeuille.

— Je sais ce que tu veux, commença-t-il.

Le commodore lorgnait toujours; il prit une pose médi-ative et pensa, frappé qu'il était d'un troisième trait de umière :

— Est-ce que lady Bridgeton aurait dit vrai? C'est une emme comme il faut... Pourquoi Mac-Aulay ne jette-t-il ias ce maraud à la porte?

— C'est vingt-cinq livres, n'est-ce pas? dit Christian.

— Vingt-cinq livres! s'écria le commodore, tous les quatre jours! Il me vient une idée bien extraordinaire! Mac-Aulay est peut-être un ancien brigand de la Calabre. Il portait alors un autre nom, et cet homme de mauvaise mine était son lieutenant. Il est obligé aujourd'hui de lui donner de l'or pour payer son silence.

— Non, non, ce n'est pas vingt-cinq livres, répliqua Tom qui haussa les épaules.

Christian referma son portefeuille. Tom lui arrêta l
bras en disant :

— C'est cinquante livres, cette fois-ci.

Mac-Aulay hésita un instant, puis il remit à Ton
Borne cinq banknotes de dix livres.

— C'est cela! s'écria le commodore; j'ai pénétré l
secret de Mac-Aulay! Un autre s'éloignerait avec horreur.
Moi, je vais profiter de l'occasion pour faire quelque
chose de souverainement original... Je vais être le beau-
père d'un ancien brigand de la Calabre!

IV

Une muse.

C'était dans une élégante maison de Portman-Square,
le lendemain de la terrible rencontre qui avait eu lieu
entre Mac-Aulay, le tueur de tigres, et sir Edgard
Lindsay, en présence du commodore Davidson. Une
femme était seule auprès de la cheminée, le coude appuyé
sur un guéridon; sa tête s'inclinait, pensive, et ses
magnifiques cheveux noirs, inondant son front et sa main,
faisaient un voile à son visage.

Le boudoir était meublé avec coquetterie; mais il y

manquait certaines bagatelles gracieuses qui sont le *vade-mecum* de la femme. On eût cherché en vain le nécessaire mignon, la boîte à ouvrage trop emplie et qui ne peut fermer, les ciseaux damasquinés, le dé d'or et le poinçon, petit chef-d'œuvre d'orfévrerie. La broderie commencée était absente aussi. En revanche, il y avait des livres brillamment reliés sur un bureau en bois de rose, quelques munuscrits épars, du papier blanc beaucoup, et une écritoire monumentale chargée de plumes curieuses.

Aux deux côtés du bureau, sur des piédestaux de granitelle, trônaient les bustes de Byron et de Shakspeare.

La question de savoir si l'arome littéraire embaume ou empeste le boudoir d'une jolie femme a été souvent traitée, c'est affaire de goût. Prenons seulement la liberté de dire qu'en général le bas bleu ne va pas mal aux tibias nerveux de la Vénus britannique.

La jeune femme assise auprès du foyer portait un négligé d'une simplicité charmante ; sa pose molle et abandonnée parlait d'amour. Il fallait voir le bureau, l'écritoire gigantesque, les bustes, la bibliothèque et les manuscrits pour concevoir la pensée que cette ravissante créature était une muse et que ce front harmonieux enveloppait une cervelle imbue de tragédie.

Une draperie se souleva, et un diminutif de groom, ce qu'on appelle *tigre* en Angleterre, montra sa taille de petit Poucet et sa livrée rouge galonnée d'or.

Au bruit léger que fit l'enfant en marchant sur le tapis, la jeune femme releva la tête; ses longs cheveux, rejetés en arrière, découvrirent le beau visage de notre Jane.

— Qu'est-ce, Trilby? demanda-t-elle.

— Un gentleman dont voici la carte, milady, répliqua l'enfant.

Jane prit le carré d'épaisse porcelaine sur lequel on lisait : **J. N. Pinkerton**, éditeur du *Pinkerton's Paper*, 20, Burlington arcade, Piccadilly.

— Faites entrer, dit Jane.

J. N. Pinkerton passa le seuil. C'était un petit homme entre deux âges, bien couvert, portant une grosse chaîne d'or à son gilet et des boutons en brillants à sa chemise. Il avait l'œil vif et un peu hautain; son front chauve eût fait la joie d'un phrénologue.

Il s'avança, courbé en deux, saluant de trois pas en trois pas avec toutes les marques du plus profond respect.

— Milady voudra bien m'excuser, commença-t-il. J'espère que j'ai l'honneur de parler à l'auteur de *David Rizzio* en personne?

Une légère rougeur monta aux joues de Jane. Elle répondit poliment, mais sans se lever :

— Oui, monsieur.

Si Jane se fût levée par hasard, elle aurait perdu à l'instant même cent pour cent dans l'estime de **J. N. Pinkerton**, éditeur du *Pinkerton's Paper*.

— Je vais m'expliquer brièvement, poursuivit celui-ci

en faisant une dernière révérence, car, milady, je regarderais comme un crime de prodiguer votre temps si précieux.

— Je suis, en effet, très-occupée, monsieur, répondit Jane.

Il y avait de l'aplomb dans la lettre de cette réplique, et cependant un observateur y eût démêlé je ne sais quelle trace d'embarras. Les éditeurs de revues observent par métier; le bonheur voulut que J. N. Pinkerton fût absorbé par le travail de son exorde.

— Madame, reprit-il, le *Pinkerton's Paper* tire à vingt-quatre mille; c'est une affaire de toute beauté, mais qui s'adresse surtout au public.

Le public, en Angleterre, forme la troisième et avant-dernière classe de la nation. Il y a la noblesse, il y a le *gentry*, il y a le public, et enfin une quatrième caste, sans nom, pour laquelle on ne fait pas de journaux.

— Je veux m'adresser plus haut, poursuivit J. N. Pinkerton, qui fourra, ma foi, sa main dans son gilet. J'ai fondé depuis quelques semaines un recueil véritablement honorable et sérieux, sous le titre de la *Revue du Centre*. C'est une concurrence au *Quarterly Review*. Je ne viens pas solliciter votre illustre collaboration pour le *Pinkerton's Paper*, ce serait jeter des perles... Que milady me pardonne ma hardiesse! mais la *Revue du Centre*, c'est différent.

Jane prit un papier sur la cheminée.

— Vous parlez du *Quarterly*, monsieur, dit-elle; je reçois justement une lettre des éditeurs.

J. N. Pinkerton enfla ses joues d'un air sincèrement indigné.

— Une lettre! s'écria-t-il, une lettre à Votre Seigneurie! et par la poste, je crois! Est-ce bien possible? écrire par la poste à une personne de votre sorte!... Il y a des gens qui s'oublient étrangement!

Il sourit et salua en vrai gentilhomme.

— Moi, du moins, poursuivit-il, je viens, de ma personne, déposer à vos pieds l'hommage de mon admiration et vous supplier...

— Monsieur, interrompit Jane, je serais assurément très-flattée... mais je n'ai rien à vous offrir.

— Dès que lady Desdemone Bridgeton voudra s'en donner la peine..., commença Pinkerton.

— Hélas! monsieur, fit Jane avec un soupir, pour écrire il faut être libre d'esprit.

L'éditeur laissa échapper un geste d'étonnement.

— Quand on peut, comme milady, satisfaire ses moindres caprices, dit-il, le souci est impossible.

— Mon Dieu, murmura Jane en soupirant de nouveau, connaît-on bien le fond des choses? Le monde nous voit d'en bas et nous voit mal. Il est de misérables exigences... Tenez, monsieur Pinkerton, ce matin je n'ai pas encore tracé une ligne. Pourquoi cela? Parce que je suis tourmentée, parce qu'il me manque une somme véritablement insignifiante.

— Quelle somme, milady? demanda l'éditeur avec vivacité.

— C'est à n'y pas croire! répondit Jane, une bagatelle, cinq cents livres sterling.

— Cinq cents livres sterling! répéta Pinkerton, subitement refroidi; vous appelez cela une bagatelle!

Il fit un mouvement comme pour se retirer.

Jane, nonchalante et pleine d'indifférence, tourna la tête à demi vers la porte.

— Que voulez-vous, Trilby? demanda-t-elle au petit tigre qui tenait à la main une fraîche corbeille de satin.

Trilby lui présenta la corbeille; elle y prit une lettre qu'elle ouvrit en bâillant.

— De la *Revue d'Édimbourg*, dit-elle.

Pinkerton tressaillit et s'arrêta dans son mouvement de retraite.

— « Qui serait bien heureuse, continua Jane avec fatigue, de couvrir d'or chaque page de lady Desdemone Bridgeton. »

Elle replia la lettre et la jeta sur le guéridon, en ajoutant :

— Ces messieurs sont très-aimables!

— De l'or! gronda Pinkerton en tourmentant le bord de son chapeau, de l'or! ah! milady, quand on a reçu du ciel ce don inappréciable du génie, ne devrait-on pas songer un peu à autre chose? De l'or!... Voyez nos poëtes! le grand Byron...

— Je ne demande pas plus que lui, monsieur, interrompit Jane avec modestie; une guinée le vers, pas davantage.

—Walter Scott..., continua J. N. Pinkerton.

— Walter Scott a gagné dix millions de francs en sa vie.

— Vous serez toujours victorieuse dans une lutte d'éloquence, milady! s'écria l'éditeur. Voyons, je suis à la merci de Votre Seigneurie. Nos bureaux ne sont pas une maison de banque, hélas! si vous vouliez vous contenter de deux cent cinquante livres?...

Jane se leva.

— Monsieur Pinkerton, dit-elle froidement, à l'honneur de vous revoir!

Le petit tigre rouge et or reparaissait justement avec la corbeille de satin.

— Encore une lettre? fit Jane, pendant que l'éditeur hésitait; celle-ci est du *London Magazine* « qui met avec empressement sa caisse à la disposition de lady Desdemone Bridgeton. » C'est très-galant! s'interrompit-elle en envoyant la lettre du *London Magazine* rejoindre la missive de la *Revue d'Édimbourg.*

J. N. Pinkerton restait là, planté comme un piquet.

— Je vous croyais parti, monsieur, lui dit Jane doucement. Je vous prie de m'excuser; j'ai besoin d'être seule. Il faut que je réponde à ces messieurs.

Pinkerton fit un geste tragique.

— Nous nous saignerons aux quatre membres, dit-il, mais nous ne serons pas au-dessous de ces entreprises surannées qui ne battent que d'une aile. Milady, je me retire, mais avec votre promesse : voici les cinq cents livres.

Un sourire éclaira le charmant visage de Jane, tandis que Pinkerton comptait les billets de banque sur le guéridon.

Nous savons pourtant que Jane n'était pas une avare.

— Cent cinquante... cent quatre-vingts..., supputait l'éditeur. Ce grigou impotent du *London Magazine*!... Deux cent trente, deux cent quarante... Et la *Revue d'Edimbourg*, cette vieille folle!... Trois cents... Vous verrez, milady, comme nous allons les mener à la *Revue du Centre*!... Quatre cents... Nous avons une combinaison... Enfin, je ne vous en dis pas davantage; les cinq cents livres y sont, veuillez agréer mon respect.

Il salua et sortit.

Jane agita précipitamment sa sonnette et dit au tigre qui entra :

— Allez me chercher William tout de suite.

Elle fit une liasse des billets de banque de J. N. Pinkerton, éditeur du *Pinkerton's Paper* et de la *Revue du Centre*. Elle était radieuse.

William, domestique de grandeur naturelle, se présenta.

—Prenez ces banknotes, lui dit Jane, et rendez-vous sur-le-champ à la prison pour dettes. Vous demanderez sir Edgard Lindsay, qui est détenu faute de pouvoir payer cinq cents livres sterling; vous ferez lever son écrou, moyennant cette somme, et vous lui direz que je l'attends chez moi. Allez, et surtout qu'il vienne vite.

Jane se rassit toute belle et toute souriante au coin de son feu. Elle s'enveloppa avec paresse dans les plis moelleux de sa douillette et se reprit à rêver. Elle rêva éditeurs, alexandrins, *Pinkerton's Paper* et *Revue du Centre*, mais sa plume ne se baigna point dans l'encre, et son papier satiné resta blanc comme neige.

De temps en temps, elle regardait la pendule et semblait hâter la course de l'aiguille.

Elle croisa ses jolies mains sur ses genoux; son sourire devint pétillant d'espièglerie.

— Je pense toujours à la figure que ferait sir Edgard, se disait-elle, si je le cachais derrière un rideau quand les éditeurs viennent me voir. Il est d'une générosité chevaleresque, ce jeune homme!... dès le premier jour il aurait pu me perdre... Ah! je me perdrai bien toute seule! s'interrompit-elle brusquement; moi qui n'ai jamais fait un vers en ma vie, je viens de promettre cinq cents vers à M. Pinkerton... Si j'essayais?

Elle prit un air bien réfléchi et fit appel à l'inspiration. Elle trouva facilement le premier vers qui était joli et bien fait, quoiqu'il eût quatorze pieds; mais le second ne voulut pas venir. Jane y renonça, comme une bonne fille qu'elle était.

« On dit qu'en France, pensa-t-elle, il y a des fabriques de romans, de drames et de poëmes, organisées comme nos filatures de coton ou comme nos brasseries. Heureux pays que cette France!»

— M. Carter et M. Lewis viennent prendre les ordres de Milady, dit le tigre Trilby à la porte de l'antichambre.

— Qu'ils attendent, répondit Jane. Je ne peux pas recevoir sir Edgard en déshabillé du matin, ajouta-t-elle, tandis que la glace consultée lui renvoyait son ravissant sourire; il faut que je fasse un peu de toilette pour sir Edgard... Et pour M. Christian Mac-Aulay, se reprit-elle avec une malicieuse humilité; car M. Christian Mac-Aulay va venir aussi. Il a beau faire le cruel, il ne peut passer une journée sans m'avouer qu'il ne m'aime plus!

Le miroir complice et flatteur semblait lui dire : Est-ce possible? Jane fronça ses belles lèvres roses comme pour le payer d'un baiser et gagna son cabinet de toilette avec des pensées de victoire.

Le tigre avait laissé dans l'antichambre M. Carter en tête-à-tête avec M. Lewis. Il y avait ce matin quelque chose de sombre dans l'aspect de ces deux notables commerçants.

— L'enfant n'a aucun intérêt à nous tromper, dit Carter en parlant de Trilby; Mac-Aulay n'est pas encore venu.

— Je ne comprends pas du tout votre plan, répliqua Lewis.

Le marchand de chevaux regarda tout autour de lui et se rapprocha mystérieusement du tailleur.

— Parlons bas, dit-il. Je n'ai pas voulu mettre dans la confidence les Filowski, les Staunton et autres gens de peu; mon idée les eût effrayés. Vous, au contraire, Lewis, vous êtes un homme comme il faut, et vous gagnez autant que moi. Mon idée est simple comme bonjour : cette lady Bridgeton nous gêne; je veux la supprimer.

— Comment, la supprimer! s'écria Lewis abasourdi.

— Plus bas. Raisonnons froidement, je vous prie. Quelqu'un nuit à notre Mac-Aulay dans l'esprit du commodore, n'est-ce pas?

— Je le crains.

— Moi, j'en suis sûr, et ce quelqu'un-là c'est lady Bridgeton.

— Comment le savez-vous?

— Ah! ah! s'écria Carter, je sais comme cela bien des choses, mon cher monsieur Lewis; j'ai mes espions; j'aurais fait un surintendant de police assez fort... ce coquin de Tom Borne me sert beaucoup.

— Tiens! tiens! fit Lewis; je n'aurais jamais songé à ce Tom Borne!

— C'est un effronté coquin qui vend la vérité comme il vendrait le mensonge. J'ai su par lui que lady Bridgeton est l'ancienne maîtresse de Mac-Aulay.

Lewis se rapprocha curieusement, en homme friand de commérages.

— Elle l'aime toujours, son Christian, poursuivit M. Carter; elle ne lui laissera jamais épouser la fille du commodore : c'est une femme de tête et qui veut bien ce qu'elle veut. Or, s'interrompit le marchand de chevaux en pressant son débit, comprenez-moi bien, mon cher monsieur Lewis. Hier, ce mariage était le cadet de mes soucis; il y avait sur l'article Mac-Aulay une baisse stupéfiante; j'étais presque décidé pour ma part à l'abandonner tout doucement; mais ce matin, ah! ce matin, monsieur, quelle reprise! un coup de foudre! Il ne s'agit plus de tigres : les tigres sont vieux comme Hérode! l'histoire du duel à l'arquebuse est dans tous les journaux et dans toutes les bouches; Londres tout entier est en ébullition. Sur les trottoirs des rues, au Parc, à la Bourse, on s'aborde en disant : « Vous savez qu'il y avait douze balles dans chaque arquebuse et huit charges de poudre?» Cela fait un effet écrasant!

— Écrasant! répéta Lewis, qui secoua la tête avec importance.

— En outre, continua Carter, je ne sais comment le bruit s'est répandu que Mac-Aulay avait commandé des bandes dans la Romagne et combattu les sbires du pape

avec deux douzaines de pistolets à sa ceinture et un de
ces sabres qu'on ne voit qu'au théâtre d'Adelphi.

— On m'avait parlé de la Calabre, fit observer
M. Lewis.

— Calabre, Romagne, c'est tout un! s'écria Carter
incapable de contenir son enthousiasme; il y a encore
les maquis de la Corse, mais c'est moins fort. Suivant
mon goût particulier, un brigand de la Romagne ou de la
Calabre a plus de couleur qu'un Uscoque ou même qu'un
Palikare. Mac-Aulay est désormais solide comme une
pyramide d'Égypte! c'est le lion le plus lion qu'on ait
jamais adoré aux bords de la Tamise! il faut s'attacher
à lui, monsieur Lewis, il faut écarter les cailloux de sa
route, il faut...

— D'accord, interrompit le tailleur; mais pour supprimer cette lady Bridgeton...?

Carter eut un sourire vaniteux. Il donna un petit coup
de doigt sur l'épaule de Lewis et reprit :

— J'ai mon moyen. Je suis en mesure. Lady Bridgeton
est tout simplement une petite paysanne du comté de
Derby, que Christian a séduite autrefois.

— Mais ce magnifique talent? objecta Lewis.

— Le génie prend naissance au village comme à la
cour, répliqua le marchand de chevaux. D'ailleurs, je
n'entre pas là dedans. Ce qui nous importe, c'est que
lady Bridgeton est la nièce d'un gros fermier appelé
Saunders, de Newcastle, qui ne marche jamais sans un

gourdin épouvantable. Mes renseignements, à cet égard, sont complets et précis. Le bonhomme regrette toujours sa nièce, et quant à la renommée littéraire, il s'en moque comme d'un verre vide. Je lui ai fait écrire.

— Et vous croyez qu'il va se déranger? demanda Lewis.

— Je crois qu'il s'est dérangé, mon cher confrère. Le bonhomme est arrivé ce matin à Londres avec son gourdin. Je les ai vus tous deux, le gourdin et le bonhomme : tudieu! quel gourdin!

Le regard de Lewis exprima une nuance d'inquiétude.

— Est-ce que vous nourririez l'espoir...? commença-t-il timidement.

Et comme M. Carter ne comprenait pas, Lewis fit un peu le geste d'assommer quelqu'un pour compléter sa phrase.

— Qui? lady Bridgeton? se récria Carter; oh! non, du tout! Cela ne va pas jusque-là! Mon Saunders plantera l'illustre auteur de *David Rizzio* dans sa carriole, tout comme si elle ne savait pas même l'orthographe, et l'emmènera tambour battant à la ferme du comté de Derby, voilà tout! Il y aura éclipse de lady Bridgeton, et notre cher lord, débarrassé à la fois de cette aventurière et du petit Edgard, qui est sous les verrous, épousera miss Davidson tant qu'il voudra. Comment trouvez-vous cela, M. Lewis?

— M. Carter, répondit le tailleur avec conviction, vous êtes un homme excessivement fort!

— Les marchands de chevaux sont presque tous de cette force-là, mon cher confrère!

— Et qu'attend-il, votre fermier au gourdin?

— C'est un dernier détail qui ne manque pas de délicatesse : mon fermier veut se convaincre par ses propres yeux que lady Bridgeton est bien sa nièce et qu'elle reçoit le gentleman chez elle. C'est pour cela que nous sommes ici; je croyais y trouver Mac-Aulay, j'aurais été sur-le-champ prévenir le brave Saunders de Newcastle.

— Ma foi, M. Carter, s'écria le tailleur, c'est tout bonnement machiavélique!

— Eh! M. Lewis, fit le maquignon, qui se frotta les mains avec fatuité, un marchand de chevaux qui ne serait pas diplomate...

Il s'interrompit pour prêter l'oreille à un bruit qui se faisait à la porte de la rue.

— Qu'est-ce que cela? s'écria-t-il avec toutes les marques de l'étonnement le plus profond.

Lewis restait bouche béante.

— Cette voix!... dit encore Carter, on jurerait que c'est sir Edgard!

Ils se rapprochèrent tous les deux de la porte. La surprise qui était sur leurs visages se changea tout à coup en frayeur, car Lewis avait vu par le trou de la serrure sir Edgard Lindsay qui payait un cocher de cab.

Les deux associés se regardèrent. L'antichambre donnait sur une galerie qui régnait le long des appartements et aboutissait à une terrasse ouverte sur le petit jardin.

— Il faut pourtant que nous attendions, dit Carter.

— Après le tour que nous lui avons joué hier, répliqua le tailleur, qui faisait de vains efforts pour arrêter le tremblement de sa voix, il serait, je crois, imprudent de nous rencontrer avec lui.

Carter réfléchissait.

— Qui diable a pu lever l'écrou? murmura-t-il.

Un coup de sonnette retentit. M. Lewis s'élança vers la porte de la galerie.

« Au fait, pensa Carter en le suivant, nous attendrons aussi bien dans le jardin qu'ici. Quand Mac-Aulay viendra, nous sortirons. »

Lewis avait traversé la galerie au pas de course; il était caché au fond d'un berceau. Carter disparut à son tour, au moment où Trilby venait d'ouvrir la porte extérieure.

On introduisit Edgard dans le boudoir de lady Bridgeton.

— Milady va venir tout de suite, dit Trilby en lui avançant un siége.

Edgard s'assit; il eut un sourire en remarquant la physionomie littéraire du boudoir.

« Allons, pensa-t-il quand on l'eut laissé seul, le roman s'embrouille, et je perds un peu le fil. Voilà une femme adorablement jolie qui me prend ma prose et mes vers; qui me vole effrontément mon pseudonyme, et qui paye mes dettes par-dessus le marché! »

— Pardieu! s'interrompit-il avec une certaine complaisance, quand j'ai choisi au hasard ce nom de lady Desdemone Bridgeton pour signer mes élucubrations poétiques, je ne me doutais guère qu'il ferait ainsi fortune, et que j'aurais, comme Pygmalion, une statue animée, fille de mes œuvres. L'aventure est merveilleuse et bizarre : voyons ce qu'elle va devenir!

V

Généalogie de Parallélipipède.

Sir Edgard Lindsay appartenait à une famille considé-rable; c'était un jeune homme doux, modeste et d'une rare distinction; avec un peu plus de fortune, il eût fait assu-rément grande figure dans le monde. Mais sir Edgard n'était pas très-riche. Son père ne lui avait laissé, en mourant, qu'une gentilhommière démantelée et un nom inscrit honorablement au *baronetage* du Royaume-Uni.

C'est en Angleterre, surtout, que les réputations se font vite. La gloire anglaise a toujours je ne sais quel faux air d'engouement. A Londres, la vogue naît par surprise et s'épanouit du soir au matin, comme un champignon de couche. Peut-être à cause de cela, l'Anglais regarde avec une certaine défiance mêlée de dédain quelques-uns des sentiers mal fréquentés qui conduisent au temple de la gloire : la littérature, par exemple, surtout cette littérature qui se produit par la voie des journaux et des recueils périodiques.

Il faut l'avouer, le journaliste de Londres est à peine un gentleman, il occupe, à peu de chose près, cette position subalterne du poëte librettiste en Italie. Tel lord épousera volontiers une danseuse de second ordre, ou une cantatrice légèrement dépréciée, mais Sa Seigneurie ne donnera pas le doigt à un folliculaire. En France, au contraire, Mécène, marquis ou banquier, invite les gens de lettres à sa table et n'épouse pas souvent les actrices.

On pourrait presque dire, qu'au delà du détroit, tenir une plume est métier de femme, car cette défiance méprisante qui étouffe les premiers vagissements du poëte au berceau, disparaît dès qu'une fille d'Apollon accorde son luth inconnu. Tout livre qui porte sur sa couverture le nom d'une femme, éveille chez nos voisins une curiosité soudaine. Pour peu que la fauvette nouvelle ait dans le gosier deux ou trois notes passables, la bienveillance devient tout de suite entraînement ; la fièvre commence ; Londres se détermine flegmatiquement à être fou de la muse ; les hommes-affiches portent son nom radieux sur

leur dos, et les confiseurs mettent leurs pralines sous
patronage de sa renommée.

Quelquefois même, et c'est l'apogée de la vogue,
muse devient, à son insu, marraine d'une jument savant
du *Batty's new amphitheatre*, qui est le Cirque olym-
pique de Londres.

Sir Edgard était modeste, nous l'avons dit, mais il étai
poëte, et, par conséquent, il avait soif de succès. Pour cel
un peu, un peu pour la raison qui engageait autrefoi
les grands seigneurs à jeter sur leurs épaules un mantea
couleur de muraille quand ils couraient des aventures d
nuit, sir Edgard avait mis ses premières poésies sous
nom fantastique de lady Desdemone Bridgeton. Depui
quatre jours, il savait qu'une femme, une véritabl
femme portait ce nom de lady Bridgeton; cette femme s
parait de sa gloire à lui, et respirait sans façon l'encen
qui brûlait pour l'auteur de *David Rizzio*. Il l'avait ape
çue; elle était belle comme l'Amour; sans la besogn
terrible que lui avait donnée bien inutilement son due
avec Christian Mac-Aulay, sir Edgard n'eût poin
attendu quatre jours pour avoir le mot de cette énigm
bizarre.

Mais enfin, il allait voir lady Bridgeton, son charman
sosie! Edgard n'avait nul parti pris sur la conduite
tenir dans cette entrevue; il se sentait fort à l'aise; tou
les avantages étaient de son côté. En somme, il pencha
pour la clémence.

Jane parut en toilette de ville, simple, mais d'une élégance exquise ; Edgard s'avoua involontairement que son pseudonyme n'était point trop mal porté. Il se disait, car les poëtes eux-mêmes raillent cette pauvre poésie :

« Jamais tache d'encre n'a souillé ces jolis doigts roses, et tous ceux qui connaissent les montagnardes du Parnasse verraient bien qu'elle n'est pas de ce pays-là! »

Jane lui fit en rentrant un salut gracieux.

— Sir Edgard, dit-elle tout de suite, et comme si elle eût voulu prévenir une première question, j'aurais eu dès hier le plaisir de vous voir, sans le misérable incident qui vous a privé de votre liberté pour une nuit.

— Permettez-moi d'abord, milady, interrompit Edgard, de vous offrir mille grâces...

Jane l'arrêta. Elle souriait encore, mais ses yeux étaient baissés, et ses joues se couvraient d'un incarnat plus vif.

— Épargnez-moi, monsieur, murmura-t-elle ; il me serait pénible de penser que vous manquez de générosité.

Edgard se mordit la lèvre. On ne voulait pas de sa clémence, ou plutôt on exigeait bien davantage.

— Nous nous expliquerons, sir Edgard Lindsay, poursuivit Jane avec une dignité sérieuse et presque hautaine. Vous êtes mon créancier. Vous m'accorderez du temps, s'il vous plaît, et je promets de vous payer fidèlement le solde de notre compte.

— Madame..., balbutia Edgard.

— Parlons de choses plus graves, je vous prie, interrompit Jane; la folie que j'ai faite me regarde; ce qui
est de votre compétence, c'est le tort que je puis vous
avoir causé...

— Ah! milady, s'écria le jeune homme; vous avez
donné une réalité incomparable à ma fiction, qui serait
éternellement restée dans les nuages de la fantaisie! L'auréole de votre beauté illumine mon pauvre *David Rizzio!*

Jane fronça le sourcil.

— Aimez-vous mieux votre tragédie que votre fiancée?
demanda-t-elle brusquement.

— Ma fiancée? répéta Edgard étonné.

— Je vous disais que nous allions parler de choses
plus graves; je tiens ma promesse... Miss Davidson devait
vous envoyer chez moi, hier au soir.

— Vous connaissez donc miss Davidson, milady?
demanda Edgard vivement.

— Je suis son amie, répondit Jane, sa meilleure amie,
et c'est à ce titre que je voulais vous entretenir...
Asseyez-vous, sir Edgard, reprit-elle d'un ton de fami-
lière bonté, là, près de moi, et causons comme si nous
étions de vieilles connaissances.

Edgard obéit. Jane continua, en retrouvant son beau
sourire :

— Il faut que vous soyez son mari, monsieur, car elle
vous aime. Et il faut que vous la rendiez la plus heureuse
des femmes!

— Oh! s'écria Edgard, qui baisa la main de son homonyme, si cela dépend de moi...

— Distinguons, répliqua Jane; pour ce qui est de la rendre heureuse après le mariage, cela dépend assurément de vous, et de vous seul. Mais, quant au mariage lui-même, je ne vous cache pas qu'il dépend un peu de moi.

— Il se pourrait?...

— Je travaille de mon mieux à le rendre possible.

— Ah! milady! s'écria le jeune homme avec effusion, ma reconnaissance...

— Permettez, sir Edgard. Je compte vous mettre à même de me prouver votre reconnaissance.

— Que ce soit à l'instant!

—Permettez! Chacun a ses petits intérêts, vous savez... Et si pendant que je m'efforce pour vous, pendant que je veille autour de votre bonheur comme une fée bienfaisante, vous, sir Edgard, aveuglément et sans savoir, vous travaillez de votre côté pour me ravir ma dernière espérance...

— Moi, madame! balbutia le jeune homme étonné.

— Si vous me poursuivez le jour et la nuit, monsieur, continua Jane en s'animant, si vous vous acharnez à faire de moi la plus infortunée créature qui soit au monde...

— Mais, madame, sur mon honneur!

— Sir Edgard Lindsay, prononça Jane lentement, il n'est donc pas vrai que vous vouliez vous battre avec M. Christian Mac-Aulay?

— Si fait, pardieu! s'écria le jeune homme, incapable de dissimuler sur ce point.

— Vous l'avouez?

— Pour cela, oui, madame! J'irai au bout du monde, s'il le faut, pour me battre avec M. Christian Mac-Aulay!

— J'allais cependant vous prier..., commença Jane.

— Ne priez pas, madame, ce serait inutile ; je suis déjà la fable de Londres! Cette histoire-là, pour cesser d'être ridicule, a besoin d'un dénoûment tragique.

— Monsieur Lindsay, dit Jane, je veux qu'elle se dénoue pacifiquement.

— Milady...

— Je le veux! Et je vous fais observer que j'aurais pu prendre votre parole avant de vous donner la liberté. Est-ce à un gentilhomme comme vous de me faire regretter ma confiance?

Edgard baissa la tête.

Jane continua, et sa douce voix prit, malgré elle, des inflexions menaçantes.

— Je suis votre alliée en ce moment, dit-elle; je ne vous conseille pas de me déclarer la guerre!

— Mais enfin, demanda Edgard avec impatience, quel intérêt si puissant...?

— Vous êtes indiscret, monsieur! interrompit Jane, qui fronça le sourcil.

Edgard frappa du pied et fit un geste de colère, en murmurant :

— Je ne voulais pas deviner! Ah! milady, une femme comme vous, aimer un homme comme lui!

Jane se redressa, et prit ce petit air de reine qui lui allait si bien.

— Sir Edgard, dit-elle, je tiens M. Mac-Aulay pour un galant homme. Je vous défends de le calomnier devant moi.

Edgard s'inclina et se tut. Jane lui gardait rancune.

— Nous ne sommes pas ici pour discuter à notre aise, monsieur, reprit-elle; permettez-moi de vous rappeler au vrai de la situation : il faut que nous nous entendions à l'instant même ou jamais. Voulez-vous me promettre, sur l'honneur, de ne pas vous battre avec Mac-Aulay?

Edgard ouvrait la bouche pour répondre négativement.

— Réfléchissez avant de me refuser, dit Jane.

— Croyez, madame, que je suis désolé..., murmura le jeune baronnet.

— Prenez garde, monsieur, interrompit Jane, qui se leva toute pâle; une fois la lutte engagée, je serai sans pitié!

— Miss Davidson! annonça en ce moment Trilby.

— Amy! fit Edgard en tressaillant.

— Décidez vous-même, acheva Jane d'une voix contenue, mais pleine de résolution, si vous voulez, oui ou non, qu'elle soit votre femme.

Edgard hésita. On entendait le pas léger d'Amy dans la chambre voisine.

— Madame, s'écria le jeune baronnet, j'ignore si vous avez le pouvoir d'exécuter vos promesses et vos menaces; mais je l'aime tant! Dès qu'il s'agit d'elle, je ne sais plus résister. Je cède, madame; je vous promets, sur mon honneur...

— Tant mieux pour vous, sir Edgard, dit Jane en lui coupant la parole, tant mieux pour elle et tant mieux pour moi!

Elle lui donna une bonne poignée de main pour sceller le contrat, et s'élança au-devant d'Amy qui entrait.

Edgard restait tout pensif auprès de la cheminée, tandis qu'Amy et Jane s'embrassaient comme deux sœurs.

— Comment! s'écria miss Davidson en apercevant son fiancé, il est ici! Moi qui venais vous dire...

— Vous veniez me dire, chère enfant, que M. Lindsay avait disparu comme un feu follet; que vous l'aviez cherché en vain hier au soir; qu'il était introuvable!... Sir Edgard, s'interrompit-elle en élevant les jolis doigts d'Amy jusqu'aux lèvres du baronnet, nous vous octroyons la permission de baiser respectueusement notre main..., Bon Dieu, chère mignonne, reprit-elle avec pétulance en se tournant vers Amy, si vous saviez comme hier est loin déjà! Depuis hier, nous nous sommes battu en vaillant chevalier, nous avons été en prison, nous avons recouvré notre liberté, nous sommes récon-cilié avec notre ennemi mortel, et nous ne songeons plus qu'à aimer à deux genoux miss Amy Davidson, laquelle nous le rend bien, je l'espère.

Elle était entre les deux jeunes gens, et son regard brillant de gaieté les interrogeait tour à tour.

— Est-ce que tout cela vous paraît bien lugubre? demanda-t-elle.

— Les obstacles restent les mêmes, murmura Edgard.

— Eh! dit Jane, je me moque des obstacles! Voyons, Amy, venez à mon secours.

— Mon père est plus coiffé que jamais de ce Mac-Aulay! soupira miss Davidson.

— Quand je vous disais..., commença Edgard.

— Quand vous me disiez! quand vous me disiez! fit Jane en colère; moi, je vous dis que vous êtes des trembleurs! Tout ceci me regarde autant que vous, je pense, et vous pouvez bien vous fier à moi. Attaquer de front maintenant l'engouement du commodore, ce serait peine perdue : il faut de la diplomatie.

— C'est long, la diplomatie! dit Edgard.

— Et pendant cela, reprit Amy, si l'on allait me marier?

— Vous vous en apercevriez, belle ingénue, prononça Jane solennellement, et alors, il serait temps de résister, de pleurer, de pâlir, d'employer enfin toutes nos ressources, à nous autres femmes. Mais, en attendant, aimez-vous tant que vous pourrez, espérez, ayez confiance; je suis sur la brèche et j'ai mon dessein.

— Un coup magistral fut frappé à la porte de la rue.

— Ce doit être mon père! s'écria miss Davidson; j'avais oublié de vous annoncer sa visite.

Jane se tourna vers Edgard et lui fit un signe d'intelligence.

— Le commodore, dit-elle en riant, vient offrir ses hommages à l'illustre auteur de *David Rizzio* : cela ne vous regarde pas du tout.

— Je me retire, milady.

Jane lui montra la porte du jardin.

— Par cette voie, s'il vous plaît. Il est utile pour nos petits projets que le commodore vous croie toujours en prison. Adieu, sir Edgard, et souvenez-vous de votre promesse.

— Que me dit-on! que me dit-on! bavardait le commodore dans l'antichambre; ma fille est chez lady Desdemone? Jolie taille de tigre, mon fils! Quel âge? Dix-sept ans. Quel poids? Cinquante-neuf livres. Parfait!

Il entra fort affairé, en continuant tout d'une haleine :

— Milady, je dépose mon respect à vos pieds. Ma fille, je suis heureux et flatté de vous voir ici; vous ne pouvez que vous former en fréquentant une personne qui sait faire les tragédies.

Le commodore fit une pause; Jane restait en admiration devant lui. Le commodore était en effet superbe; il portait sur la tête, au lieu de chapeau, une casquette collante de forme oblongue, et ressemblant à ces moitiés d'œufs durs que l'on sert sur de l'oseille; son paletot ouvert laissait voir une casaque de soie dont la coupe dessinait sa taille maigre et osseuse; ses jambes de cerf avaient pour vêtement une culotte juste, boutonnant à la hauteur du genou, sur laquelle remontaient des bottes molles. Une longue cravache et des éperons de course complétaient ce costume, sous lequel Robert Davidson brillait d'un lustre tout nouveau.

— Je vous prie humblement de m'excuser, milady, reprit-il en cherchant de l'œil une glace, si je me présente à vous en tenue de sporting gentleman. Nous avons un petit steeple-chase, là-bas, à Croydon, et je me suis engagé à monter moi-même *Parallélipipède*, mon excellent coureur.

Jane ne put que s'incliner en souriant.

— J'ai assez l'habitude du monde, continua Robert Davidson, pour savoir que l'usage n'est pas de faire visite dans cette toilette, mais l'usage et moi nous sommes brouillés mortellement; je ne fais rien comme les autres! Connaissez-vous *Parallélipipède*, milady? Non? Voulez-vous faire sa connaissance? Vous n'avez pas le temps? Ce sera pour une autre fois! Je puis vous exposer en deux mots sa généalogie : il est par *Hypoténuse* et par *Prismatic*; *Prismatic* était par *Synecdoche* et *Polygone*; *Polygone* était par *Equation* et *Logarithme*; *Logarithme* était par *Problème* et...

— Mais c'est un cheval savant! s'écria Jane en riant aux éclats.

— Et mère inconnue, je dois l'avouer, ajouta le commodore d'un air un peu confus. Tout porte à croire, cependant, que *Problème* n'avait pas pu se commettre avec une jument du commun. Milady, je serais le plus heureux des hommes si vous vouliez bien accepter ma voiture pour suivre la course.

— Ce serait pour moi une véritable partie de plaisir, milord, répondit Jane; seulement...

Le commodore ne l'écoutait pas; il était parvenu à se poser en face d'une glace; il avait rejeté les revers de son twine, et se contemplait lui-même avec un contentement naïf.

—J'espère que mon costume est du goût de ces dames? reprit-il en mettant la cravache sur la hanche : toque bleu de ciel, casaque pourpre, ceinture orange frangée d'or et... et...

Malgré l'audace de son excentricité, il n'osa pas prononcer le mot : culotte, qui est *shocking* au premier chef; mais il frappa sur sa cuisse, salua et acheva :

— Vert de mer, comme vous voyez!

— Tout cela est charmant, milord, dit Jane.

—Mon Dieu, madame, aux dernières courses d'Epsom, Mac-Aulay avait copié ce costume.

— D'avance..., murmura la blonde Amy.

— Ne vous comparez pas à Mac-Aulay, milord! s'écria Jane.

Le commodore fit le gros dos en répétant :

— Rien comme les autres, neuf des pieds à la tête. Il n'y a encore eu que Mac-Aulay à porter des éperons comme ceux-ci. Et la vis de ceux de Mac-Aulay tourne à gauche, tandis que les miens vont à droite. Il ne sait pas cela!... Vous a-t-on dit, madame, ajouta-t-il en se rapprochant, que je cherchais quelqu'un pour avoir un duel à l'arquebuse?

Il se pencha tout à coup à l'oreille de Jane et poursuivit d'un ton insinuant :

— Ma fille n'est pas sans intelligence, au fond; si vous pouviez seulement lui apprendre à faire quelques poésies légères et insignifiantes?

— On peut essayer, milord, répliqua Jane.

Robert Davidson posa la main sur son cœur.

— Ceux qui parlent comme tout le monde, commença-t-il, vous diraient que vous êtes une enchanteresse. Moi, je vous dis... je me borne à vous dire que vous possédez un philtre!... Venez, miss Davidson, puisque milady ne daigne pas nous honorer de sa compagnie.

Il jeta un dernier regard au miroir et prit la main de sa fille.

— Vous serait-il agréable, demanda-t-il au moment de passer le seuil, de connaître dans ses plus intimes détails ce combat extraordinaire dont j'ai été l'instigateur et le témoin? Mais j'oublie que Mac-Aulay a le malheur de vous déplaire.

Il quitta la main d'Amy et se précipita vers Jane.

— Chut! chut! fit-il en roulant ses yeux, on ne peut pas parler mariage devant cette petite fille. Je reviendrai après la course, et l'amour me prêtera ses ailes.

— Ah! milord, fit Jane langoureusement, vous êtes unique au monde pour trouver de ces délicieuses fadeurs!

— Fadeurs! diable! fadeurs! répéta le commodore triomphant; vous avez entendu, ma fille?

Jane embrassa miss Davidson et lui serra la main en disant :

— Adieu, chère enfant, et bon courage! Ne faisons pas attendre *Parallélipipéde*, milord, ajouta-t-elle tout haut.

Le commodore sortit d'un air affairé comme il était entré. Pendant qu'il traversait l'antichambre, on put l'entendre déclamer :

— Ah! miss, ah! miss, si j'étais le père, le fils ou l'époux d'un auteur de tragédies...

Jane regarda la pendule, qui marquait trois heures, et un nuage d'inquiétude vint assombrir son front; elle reprit sa place au coin de la cheminée, et se mit à compter les minutes. C'était l'heure à laquelle Christian venait d'ordinaire. Et Christian aujourd'hui ne venait pas.

Deux ou trois fois, pendant que Jane suivait d'un œil attristé la marche des aiguilles sur le cadran, les figures curieuses de M. Carter et de M. Lewis se montrèrent aux fenêtres de la galerie. Mais Jane était tout entière à sa préoccupation et ne les voyait pas.

— Est-il venu hier pour la dernière fois? se disait-elle.

Les minutes passaient. Tout à coup, un bruit de voiture se fit dans la rue, et Jane se leva radieuse.

— Dieu soit loué! s'écria-t-elle, c'est lui!

Elle courut à sa glace et passa sa main dans ses cheveux. Tout à l'heure, le miroir lui souriait, maintenant, elle avait peur de n'être pas assez belle. C'était lui, c'était Christian! Le cœur de Jane battait comme à l'heure du premier rendez-vous.

VI

La porte de derrière.

M. Carter et M. Lewis étaient presque aussi impatients que Jane elle-même; il y avait plus d'une heure qu'ils erraient dans le jardin, et ils commençaient à craindre que Christian ne vînt pas.

— L'honnête Saunders se sera lassé d'attendre dans la rue, se disait le marchand de chevaux, et Dieu sait où nous le retrouverons!

Le marchand de chevaux ne connaissait pas Saunders de Newcastle. Saunders était homme à faire faction depuis le matin jusqu'au soir. Nous verrons, d'ailleurs, qu'il avait eu de quoi employer son temps.

Les deux fournisseurs devinèrent l'approche de Christian à la joie soudaine qui parut sur le visage de Jane. Ils échangèrent un sourire en la voyant s'élancer vers son miroir et réparer le désordre de sa toilette.

— Bichonne-toi bien! murmura Lewis.

— Fais-toi belle! ajouta Carter.

— Tout cela pour l'oncle Saunders! reprirent-ils en même temps et en riant de bon cœur.

Le lion entra d'un air préoccupé; il y avait dans son regard je ne sais quelle amertume provoquante.

— Bonjour, chère, dit-il pourtant en baisant la main de Jane.

— Bonjour, mon Christian, répliqua celle-ci, qui ne prit point la peine de cacher sa joie.

— Pauvre Jane! fit Mac-Aulay avec moquerie, nous avons passé une triste matinée!

— Pourquoi cela?

— Nous n'avons pu voir nos amours...

— Qui vous l'a dit?

— Oh! repartit Christian, vous avez tort de jouer la comédie avec moi; je connais les petites infortunes du héros de votre roman... La prison pour dettes...

— N'est-ce que cela? s'écria Jane en riant. Il s'agissait d'une plaisanterie : cinq cents livres!

— Encore faut-il les payer, dit Christian.

— Je les ai payées, fit Jane négligemment.

Le lion eut un violent mouvement de dépit.

— Ah! ah! grommela-t-il; vous, Jane? Peste!

— Mon ami, interrompit la jeune femme doucement je vous le demande : laisseriez-vous dans l'embarras celle que vous aimez pour une si misérable somme?

Christian fit la grimace.

— Alors, vous l'avez vu? dit-il au lieu de répondre.

— Il sort d'ici.

— A merveille!... Eh bien, Jane, je vous fais mon compliment sincère. Mais, dites-moi, se reprit-il en changeant de ton et en se renversant sur le dos de son fauteuil, ma visite n'est pas tout à fait désintéressée, et je ne venais pas seulement pour avoir des nouvelles de ce précieux sir Edgard. Avez-vous fait quelque chose pour moi auprès du commodore?

Jane soutint vaillamment le regard inquisiteur que Christian jetait sur elle et répondit :

— Mais, certes, j'ai fait quelque chose, bien des choses! D'abord, je me suis mise en rapport avec M. Davidson. Il fait grand cas de moi; sa fille est mon intime amie.

— Déjà! s'écria le lion; c'est charmant, en vérité! Alors, mes affaires doivent aller très-bien?

— Hélas!... soupira Jane.

— Que veut dire cet hélas?

— Elles vont très-mal, vos affaires, mon pauvre Christian! Vous me voyez dans la désolation; tous mes efforts ont été inutiles; j'ai eu beau vous porter aux nues...

— Peut-être avez-vous dit trop de bien de moi, Jane? prononça le lion avec une nuance de raillerie.

M. Carter et M. Lewis traversaient en ce moment la galerie à pas de loup, et gagnaient l'antichambre.

— Nous le tenons! murmura Lewis.

— Pour peu que Saunders soit à son poste, ajouta le marchand de chevaux, qui ouvrit avec précaution la porte de la rue.

Ils disparurent sans que Trilby lui-même les eût aperçus.

— Mon Dieu, Christian, poursuivait Jane, je ne vois qu'une manière d'expliquer notre échec. Il faut que quelqu'un vous ait nui dans l'esprit du commodore.

— Quelle idée!

— Je l'affirmerais.

— Bah! Et ne devinez-vous pas un peu le nom du méchant?

— Comment devinerais-je? fit Jane, dont le sourire était plein de candeur.

— Cherchez, insista Christian, cherchez bien, et vous trouverez peut-être.

Son regard ironique et dur couvrait Jane, qui se troubla enfin et rougit.

— Je ne sais..., balbutia-t-elle.

— Puisque vous ne trouvez pas, interrompit le lion en mettant plus d'amertume dans sa raillerie, je me vois forcé de vous aider, milady. C'est une ancienne amie à moi, une charmante créature que j'ai connue folle et bonne fille, généreuse, étourdie, le cœur sur la main. Malheureusement, elle a pris de l'ambition avant l'âge : cela se rencontre. Le commodore Davidson est aussi riche que ridicule. La charmante créature dont je vous parlé a fermé les yeux pour ne point voir le ridicule, et veut épouser la fortune. Ici est l'obstacle : le commodore a une fille, et la fille du commodore avait deux prétendants. La charmante créature, afin de les éloigner tous les deux du même coup, s'est fait aimer de l'un et calomnie l'autre.

— Oh! dit Jane avec reproche, est-ce vous qui parlez ainsi, Christian?

— Tout cela pour garder la dot! acheva le lion impitoyable. La charmante créature a déployé une adresse de fée.

Jane avait les larmes aux yeux.

— Vous ne le croyez pas! murmura-t-elle, vous me connaissez bien, Christian; vous savez si l'amour de l'argent...

— Les goûts changent. D'ailleurs, les faits sont là, Miss Jane, puisque vous ne m'aimez plus, comment expliquer autrement votre conduite auprès du commodore?

Jane avait relevé la tête avec fierté, mais ses forces la trahirent; elle prit les deux mains de Christian étonné pour les serrer entre les siennes.

— Puisque je ne vous aime plus! répéta-t-elle, tandis

que de grosses larmes roulaient sur sa joue. Et si vous
vous trompiez? Si mon pauvre cœur...

Son émotion gagnait déjà Christian, qui détournait les
yeux pour ne point la voir pleurer. Elle était si belle, et
il l'avait tant aimée!

— Regardez plutôt! dit une voix à la porte entr'ouverte.

Christian et Jane bondirent sur leurs siéges.

— A la bonne heure! reprit une basse-taille enrouée,
ne vous gênez pas, mes enfants!

Les mains de Christian étaient toujours dans les mains
de Jane. L'oncle Saunders écarta la portière et entra
tout à fait dans la chambre. Derrière lui venaient le
tailleur et le marchand de chevaux, qui triomphaient
malicieusement.

L'oncle Saunders avait toujours sa large face, plantée
carrément sur des épaules d'Hercule ; ses cheveux épais
avaient un peu grisonné; son gourdin fameux pendait,
attaché à son poignet par une lanière de cuir.

Jane restait comme frappée de stupeur. Christian jeta
sur elle, puis sur l'oncle Saunders, un regard soupçon-
neux. Le bonhomme s'avança vers la cheminée lentement
et en faisant sonner son gourdin à chaque pas sur le
plancher.

— Bonjour, ma nièce, dit-il quand il fut arrivé
devant Jane; on ne peut pas plus empêcher les fillettes
d'aimer que les oiseaux de chanter. Je ne vous en veux
pas.

Il se tourna vers Christian et ajouta rondement :

— Bonjour, mon neveu!

Lewis et Carter échangèrent un regard de surprise. Ils ne riaient plus déjà qu'à moitié. Christian voulut prendre un air de grand seigneur.

— Bon, bon, fit Saunders de Newcastle sans se fâcher encore. Il y a longtemps que je vous cherche, mon gaillard! Puisque je vous trouve enfin, nous allons régler nos comptes. Ne soyons pas fiers! Je vous préviens que vous êtes pris ici comme dans un piége à loup!

Il eut un gros rire content.

— Un guet-apens! murmura Christian, qui jeta sur Jane, atterrée, un regard de souverain mépris.

— J'ai ici près, au détour de la rue, continua Saunders, une demi-douzaine de bons garçons du pays.

— Nous n'étions pas convenus de cela! murmura Carter à l'oreille de Lewis.

— Diable d'homme! diable d'homme! gronda le tailleur.

— Et le vicaire de notre paroisse, ajouta Saunders, est venu avec nous pour voir une fois en sa vie la grande ville de Londres.

Carter et Lewis laissèrent tomber leurs bras. Jane restait immobile et ressemblait à une charmante statue de l'Étonnement. Christian faisait des efforts inouïs pour garder bonne contenance.

— Quand on a les deux fiancés et le vicaire, acheva Saunders paisiblement, la besogne marche vite, n'est-ce as, vous autres? Nous allons nous marier, comme de joyeux Anglais, les pieds au feu, sans tambour ni trompette.

Carter et Lewis, accablés tous deux, se tenaient à côté de la porte. Ce n'était certes pas pour arriver à ce résultat qu'ils avaient si bien travaillé!

— Bonjour, leur dit Tom Borne, qui avait trouvé toutes les issues ouvertes et qui était entré, suivant sa coutume, sans en demander la permission; c'est trente livres chacun pour les renseignements sur la demoiselle.

Carter et Lewis mirent la main à la poche avec découragement. Tom Borne, après avoir reçu son dû, fit un pas vers le groupe principal, mais le gourdin de l'oncle Saunders lui donna sans doute à réfléchir, car il rebroussa chemin et se glissa dans la galerie.

— Mon oncle, disait cependant Jane suppliante, au nom du ciel!...

— Vous, mon cœur, interrompit Saunders, taisez-vous! Je vais aller chercher notre vicaire, et je vous engage à ne point vous impatienter, mes enfants.

Il se dirigea vers la porte. Jane, aiguillonnée par le regard méprisant de Christian, le suivait les mains jointes et répétait :

— Mon oncle, mon oncle, ayez pitié de moi!

— La paix, fillette! dit Saunders; une fois maté, ce garçon-là fera la perle des maris! Vous autres, reprit-il en s'adressant à Carter et à Lewis, dont les figures dé-

solées étaient à peindre, voulez-vous que je vous laisse
avec eux? Je vais mettre quatre bons drilles en sentinelle
dans l'antichambre, et personne ne sortira.

Carter et Lewis se regardèrent.

— Nous n'avons plus rien à faire ici, dit le marchand
de chevaux en levant les yeux au ciel.

— Diable d'homme! diable d'homme! répétait Lewis
en *aparté*.

— Alors, emboîtez le pas! commanda l'oncle en leur
montrant la porte.

Il sortit le dernier, et on put l'entendre qui murmurait
dans l'antichambre :

—Si le gentleman tente de passer, vous l'assommerez
je me charge de tout.

Jane et Christian restaient seuls dans le boudoir. Tom
Borne les regardait par une fenêtre de la galerie. Il ne
comprenait pas très-bien ce qui se passait, mais il sentait
qu'on pouvait faire là un superbe coup de filet. Jane
revint vers Christian, accoudé au marbre de la cheminée.

— Il faut me croire, dit-elle, je vous jure que je suis
étrangère à tout ceci!

— Ma foi, madame, répliqua le lion avec amertume,
je commence à croire que je m'étais trompé tout à l'heure.
Ce n'est pas le commodore que vous voulez épouser.
Votre conduite est une énigme dont on n'est pas forcé de
deviner le mot comme cela du premier coup. Quant à moi,
je me perds dans ce dédale d'intrigues!

— L'arrivée de mon oncle, protesta Jane, m'a causé plus de surprise qu'à vous.

Christian eut un rire impertinent et murmura :

— Je suis désolé, madame, de ne pouvoir ajouter foi à vos paroles.

— Vous ne me croyez pas! s'écria la jeune femme, dont les yeux se mouillèrent; Christian, Christian! vous me blessez cruellement!

— C'est bien malgré moi, madame, et je vous prie de me pardonner. Votre oncle l'a dit : je suis ici dans un piége à loup.

Il vit une grosse larme rouler sur la joue de Jane, et sa bonne nature reprit le dessus.

— Vous pleurez! s'interrompit-il en changeant de ton.

Jane essuya ses yeux précipitamment; elle ne voulait pas de pitié.

— Je pleure parce que je suis folle! s'écria-t-elle. Mon cher Christian, nous ne sommes pas dans nos rôles. Tout ceci est de la comédie : mes larmes y sont aussi déplacées que votre sarcasme trop amer.

Elle était forte; elle parvint à sourire, malgré l'angoisse qui lui torturait le cœur.

— Voyons, reprit-elle, soyons raisonnables. J'ai un moyen tout simple de vous prouver que vos soupçons n'ont pas le sens commun. Vous vous prétendez prisonnier : voulez-vous être libre?

— Quoi! s'écria Christian tout joyeux, il y a une autre issue?

Cette joie si franche et si vive acheva d'accabler la pauvre Jane, qui tout à l'heure espérait encore.

— Il y a une autre issue, répéta-t-elle.

— Ah! Jane, fit Christian, qui lui prit les deux mains; voici un trait!...

« Il ne prend même pas la peine de cacher son bonheur! » pensait Jane désespérée.

Elle choisit une clef à son anneau.

— Ceci ouvre la porte du jardin, dit-elle.

— Vous êtes un ange! s'écria le lion, qui s'empara de la clef comme d'une proie.

Il voulut en même temps baiser la main de Jane, qui le repoussa doucement.

— Hâtez-vous, mon cher Christian, dit-elle avec tristesse; mon oncle va revenir, et je n'ai pas plus envie que vous de ce mariage!

Christian voulait bien se conduire en homme qui n'aime plus, mais il éprouvait je ne sais quelle bizarre colère quand on lui faisait sentir qu'il n'était plus aimé.

— C'est juste, fit-il avec dépit en lâchant les mains de Jane, je ne songeais plus à cet heureux sir Edgard! Pauvre sot que je suis! ma présence vous gênait, voilà tout. Eh bien, madame, adieu; je vous débarrasse!

Il s'élança vers la porte de la galerie conduisant au jardin. Tom Borne était debout devant le seuil avec ses larges épaules et son sourire normand.

— Vous êtes pressé? dit-il.

Christian, au lieu de répondre, essaya de le pousser de côté. Tom Borne resta ferme comme un pilier de cathédrale.

— Je peux vous arrêter là jusqu'au retour de l'oncle, poursuivit-il, à moins que vous ne me donniez ma rente.

— Combien te faut-il?

— Cette fois, c'est cent livres.

Christian lui jeta son portefeuille à la figure et s'enfuit en courant.

Tom Borne s'assit auprès de la porte afin de visiter le portefeuille. Jane s'était laissée choir sur un fauteuil et tenait sa tête entre ses mains. Tout était fini; la dernière espérance venait de mourir dans son cœur!

— Eh bien! eh bien! dit la voix du commodore Davidson dans l'antichambre, je vous salue, mon révérend. S'il y a noce, j'en suis; laissez-moi entrer, on m'attend.

— Escroc! grondait Tom Borne en refermant le carnet de Christian; il n'y a que quatre-vingt-quinze livres!

Jane n'eut que le temps d'essuyer ses yeux. Le commodore parut; il avait une bosse au front et le bras en écharpe.

— Ah! milady, s'écria-t-il, ah! milady, quelle course! *Parallélipipède* a été très-remarquable! Je suis tombé quatre fois, dans quatre fossés différents.

Il montra son bras et son front avec triomphe.

— Mais qu'avez-vous donc? s'interrompit-il en voyant la pâleur de Jane.

— Rien, milord, répondit la jeune femme.

— Tant mieux! j'avais presque peur d'une migraine. Trois gentlemen tués sur le coup au passage du grand mur, un cheval éventré, onze jambes cassées. A propos, il y a un vicaire dans l'antichambre, madame, vous savez cela?

— Oui, milord.

Robert Davidson se redressa de toute sa hauteur et vint se poser devant Jane.

— Madame, dit-il, je vous ai déclaré mes sentiments. Si vous voulez profiter de ce vicaire, je vais vous épouser séance tenante.

— Entrez! entrez! dit la grosse voix de Saunders au dehors; j'ai les papiers, tout est prêt. Entrez, mon révérend.

Saunders passa la porte et regarda tout autour de lui.

— Bien campé! beau boxeur! murmurait le commodore, qui avait mis le lorgnon à l'œil et qui le considérait curieusement.

Saunders examina tour à tour Tom Borne et Robert Davidson. Il se retourna vers les paysans qui étaient derrière lui pour les interroger.

— Nous n'avons vu personne, dirent ceux-ci.

Le vicaire répéta :

— Je n'ai vu personne!

— Au nom du diable! où est-il? s'écria Saunders furieux.

Il serrait déjà le manche de son gourdin. Jane s'avança vers lui et répondit froidement :

— Il a pris la fuite.

— Par où? demanda Saunders incrédule.

— Par ici, fit Jane, qui montra la porte du jardin.

— Tu lui as donc donné la clef?

— Oui.

— Pourquoi?

Jane hésita et répondit les larmes aux yeux :

— Parce que je l'aime.

Saunders la regarda d'un air ébahi.

— Je crois bien que ma pauvre nièce est folle! murmura-t-il. Allons, mes garçons, reprit-il en brandissant son gourdin, c'est de la besogne à recommencer! Révérend, je vous ai promis un mariage, je ne m'en dédis pas. Nous ferons celui-ci à coups de bâton, s'il le faut, mais nous le ferons!

Il sortit à la tête de son bataillon; le commodore le suivait des yeux.

— Pardon si je vous quitte, milady, s'écria ce dernier en s'élançant tout à coup sur les pas de l'oncle Saunders, il y a longtemps que je cherche une canne originale : je vais marchander le gourdin de ce bonhomme.

VII

Le spleen.

Il faisait un temps gris et froid; la suie des cheminées
à vapeur se mêlait traîtreusement au brouillard et tatouait
de marques noires les visages tristes des passants. On
voyait glisser, comme au travers d'un nuage, les voitures
soigneusement fermées, et la voix rauque des conducteurs
d'omnibus semblait tomber du ciel. Les cockneys se heur-
taient sur le trottoir, en grondant derrière les hauts
collets de leurs paletots. Au fond des boutiques, le gaz
s'allumait, bien qu'on fût en plein midi. Londres tout

entier s'enveloppait dans son manteau de brume, dont les plis secouent les lugubres farfadets du spleen.

On s'éveille le cœur serré, comme si, le soir précédent, on avait commis un crime; la tête est lourde et vide; les tempes se prennent dans un étau; la gorge, rétrécie, arrête le souffle au passage. On se lève; derrière les carreaux, le brouillard a l'air d'un linceul.

Ailleurs, la fantaisie a ses charmes, et l'opium des rêves évoque de gracieux fantômes; ici, c'est l'ennui sinistre et le découragement énervé. L'âme se rétracte, empoisonnée par cet affreux fluide qui inspira *les Nuits d'Young* et tant d'autres déclamations malsaines. Un crêpe descend sur l'esprit; le nerf optique se paralyse et voit tout noir. On est Anglais; on a la maladie de la joyeuse Angleterre; on tressaille d'aise en songeant qu'on est maître de se couper la gorge ou de se faire sauter le crâne.

Elle est dangereuse pour la paix du monde cette nation malade du spleen; il lui faut bien se consoler, sinon se guérir; elle a des envies de femme grosse. Elle veut tout ce que les autres possèdent : elle prend un jour l'Irlande, pour amuser sa migraine désespérée; le lendemain, Gibraltar; le surlendemain, Terre-Neuve; puis, il lui faut l'Inde et ses extravagants trésors, les plus belles Antilles, l'île de France, en passant pour aller conquérir l'immense Océanie; Malte et l'Archipel ici, les Philippines là-bas, et jusqu'à ce rocher lointain, prison et tombeau, qui s'appelle Sainte-Hélène!

C'était une pièce octogone, formant l'intérieur d'un pavillon qui dépendait de la maison du commodore. Afin de ne rien faire comme les autres, Robert Davidson avait envoyé son décorateur prendre un croquis du pavillon de chasse du vicomte de Douro. C'était très-original, dans la bonne acception du mot; le luxe y avait une saveur véritablement britannique. Les estampes coloriées à plat, suivant la mode adoptée pour les sujets du *turf* et du *ring**, représentaient des courses et des scènes de pugilat. On y voyait l'éternel *Fox-hunting* avec ses gentlemen en habits rouges et ses piqueurs à cheval, donnant la fanfare, le poing sur la hanche. Le portrait de *Parallélipipède*, en pied, de grandeur naturelle, tenait tout un pan de boiserie. Partout où il y avait de la place, pendaient des trophées de sport, des cravaches en croix sous des casquettes de jockeys, des masques, des gants et des ceintures de boxeurs.

Christian était là tout seul, assis auprès d'une table et la tête entre ses mains. Il ne bougeait pas; son visage exprimait le découragement le plus profond. La pluie fouettait contre les carreaux, et le vent du nord faisait pleurer les châssis, comme si l'on eût été au fin fond de la campagne.

La maison du commodore était située au bout d'York-Terrace et donnait sur le parc du Régent. Ces beaux

---

* Enceinte qui entoure les boxeurs.

parcs de Londres, si pittoresques et si vivants aux rares sourires du soleil d'été, prennent un aspect lugubre quand le ciel d'hiver étend son crêpe noir au-dessus des bosquets dépouillés. C'est encore un ornement pour la ville mélancolique, mais un ornement sombre et sévère comme la parure de jais que l'usage permet aux veuves.

Le regard de Christian allait parfois vers le parc, dont il distinguait vaguement le paysage à travers les vitres obscurcies : des allées désertes où glissaient, à de longs intervalles, quelques équipages fermés ; d'immenses pelouses ruisselantes où le troupeau des moutons de la reine se pelotonnait au lieu de paître.

Christian avait accepté l'hospitalité du commodore pour fuir la poursuite acharnée du bon Saunders de Newcastle. Saunders avait juré que Christian épouserait Jane, en dépit de Christian, d'abord, en dépit de Jane elle-même. C'était un de ces braves Saxons qui ont le diable flegmatique au corps. Pour arriver à ses fins, Saunders eût mis le feu froidement et de parti pris aux quatre coins de Londres.

Ce n'était pas à Saunders de Newcastle que Christian songeait en ce moment ; il se faisait à lui-même une épouvantable querelle.

— J'ai revu, pensait-il avec un dégoût amer, j'ai revu dans le monde, depuis deux mois, presque tous mes anciens compagnons d'université. John est lieutenant aux horse-guards ; William plaide au banc de la reine ; Tony est membre des communes; James est attaché d'ambassade. Il n'y a pas jusqu'au petit Harry qui ne soit...

Il s'interrompit pour étreindre convulsivement sa poitrine à travers le cachemire moelleux de sa robe de chambre.

— Moi, moi seul, gronda-t-il avec une colère concentrée, je ne suis rien! Je mène un métier qui n'a pas de nom! Les autres sont des hommes; moi, je suis un mannequin pour tailleur; moi, je suis l'enseigne vivante d'un maquignon. Voilà mon lot dans la vie!

Il regarda le plafond de l'air qu'avait Oreste provoquant les dieux implacables et criant du fond de son désespoir : Merci! je suis content!

Le vent du nord fit une trouée dans les nuages et découvrit un tout petit coin d'azur. Londres tout entier se mit aux fenêtres et crut qu'on allait apercevoir le soleil. Ces Anglais ne doutent de rien!

Le soleil ne se montra point, il est vrai, mais il y eut je ne sais quel rayonnement lumineux qui colora de tons violâtres et faux la coupole vaporeuse suspendue au-dessus de la ville. Sur les deux rives de la Tamise, les patients du spleen eurent une minute de répit.

— J'avais des bras robustes, pourtant! se dit notre lion non sans une certaine complaisance, j'avais un cœur ardent et fort, une tête où fermentait hardiment la pensée. J'étais au-dessus de mes rivaux jadis, et je me souviens...

Un gros nuage vint matelasser la pauvre trouée d'azur; la tête de Christian retomba comme un plomb sur sa main; il continua, en poussant un lamentable soupir :

— De tout cela, que me reste-t-il? Une fatigue pesante qui est venue sans que j'aie travaillé! Le découragement morne du vaincu qui n'a pas même pris part à la bataille!

Un gémissement sourd s'échappa de sa poitrine. Il resta, pendant plusieurs minutes, immobile et comme engourdi.

La pluie redoublait, mais le gris de l'horizon prenait des nuances nacrées. La brume se dissipait, et bientôt on put apercevoir au delà du parc les silhouettes rondes des collines de Barrow et de Primrose. Pour le coup, Londres, considéré au point de vue du spleen, éprouva un mieux subit et général.

Christian releva la tête; ses narines se gonflèrent, et une étincelle s'alluma dans ses yeux.

— Ah! s'écria-t-il en ouvrant gaillardement sa boîte à cigares, quand j'errais tout seul et la bourse plate dans les bruyères d'Écosse ou sur les belles grèves de l'Irlande, en attendant l'héritage de mon excellent oncle; quand je défiais l'avenir, cherchant une équipée qui fût au-dessus de mon audace, que j'étais jeune, mon Dieu! que j'étais fier et que j'étais heureux!

Il présenta le feu au bout de son cigare, dont la fumée

bleue monta en spirales vers le plafond. Son spleen n'était plus que de la rêverie.

— L'amour vint, murmura-t-il tandis qu'un sourire naissait autour de ses lèvres, une ivresse délicieuse! Et je me sentis aiguillonné; mon âme grandit, mon intelligence s'éclaira, toute cette vigueur inoccupée qui était en moi doubla comme par magie... Jane, belle vision qui rayonna au milieu de ma jeunesse! Regard d'enfant, taille de reine, sourire d'ange! Jane, mon premier et mon dernier amour! Jane, que j'ai abandonnée...

Ceci fut dit avec une sorte de frémissement douloureux. C'est qu'un grand diable de nuage arrivait sur Primrose-Hill. Quand le grand diable de nuage eut caché la bande nacrée qui éclairait l'horizon, Christian jeta son cigare et dit en frappant du pied :

— Je mourrai fou, et ce sera bien fait!

Il tourna le dos à la fenêtre, comme s'il eût voulu se soustraire aux mystérieuses influences du dehors. Il se sentait en train de lutter vaillamment et de mettre en fuite l'odieux cauchemar qui lui écrasait la poitrine. En somme, pourquoi tous ces souvenirs et pourquoi tous ces remords aujourd'hui plutôt qu'hier? Que s'était-il passé depuis la veille? Était-il une femme ou un poëte pour se laisser énerver par la malaria britannique?

Il évoqua la blonde image d'Amy comme on crie au secours dans un danger pressant. Elle était belle aussi, la fille du commodore.

— Elle ne m'aime pas, il est vrai, disait la conscience
e Christian.

— Mais, répondait son orgueil, elle m'aimera plus
rd.

— D'ailleurs, s'écriait son ambition, il faut bien que
e sois riche...

— Puisque je n'espère plus être heureux! achevait la
onscience désolée.

Miss Amy, comme on le voit, n'y pouvait rien. Chris-
ian croisa ses bras sur sa poitrine et n'essaya plus de
ombattre; il ferma les yeux; les fantômes du passé l'en-
ourèrent. Son oncle, le vieux philosophe, lui avait dit
ouvent : « Sois bon, pour être heureux. » La première
ouffrance amère et profonde de Christian datait du jour
ù il avait abandonné Jane. Le lendemain de ce jour,
uand il avait cherché en vain à son réveil le sourire ami
e sa compagne, une étreinte glacée lui avait serré le
œur. Et Christian avait beau regarder en arrière, il ne
rouvait pas depuis lors dans sa vie un seul instant de
raie joie.

Christian avait lu, dans l'histoire impartiale de l'em-
ereur Napoléon, par sir Walter Scott, le récit de l'a-
andon de Joséphine. Il se donna le plaisir innocent de
omparer sa fortune à celle de l'empereur. Jane était sa
oséphine, et miss Amy sa Marie-Louise. Avec la première,
ue de bonheur tranquille! Avec la seconde, que de
olennels ennuis!

Napoléon avait mis en avant la raison d'État pour contracter son deuxième mariage. La raison d'État, c'est-à-dire les dix mille livres sterling de revenu de miss Davidson, excusait aussi l'infidélité de Christian.

Christian frissonna en songeant à Sainte-Hélène.

Mais, pensa-t-il, et ceci était une consolation bien amère, Joséphine adorait l'empereur!

Tandis que Jane! Hélas! l'inconstance de Jane avait devancé l'heure de l'abandon; Jane le lui avait dit elle-même là-bas, à Brighton : Jane ne l'aimait déjà plus; Jane avait distingué un autre homme, ce haïssable sir Edgard! Christian avait douté longtemps, car les femmes essayent parfois contre l'indifférence le remède héroïque de la coquetterie; Christian s'était dit : Elle joue un rôle, elle se cache pour pleurer derrière son sourire, elle m'aime encore, elle m'aimera toujours!

Cela le tenait en paix. « Soyez bon, pour être heureux! » L'oncle philosophe avait semé sur le sable.

Mais la foi la plus robuste cède à l'évidence de certaines démonstrations; la clef du jardin, la clef donnée par Jane au moment où l'oncle Saunders revenait avec le vicaire, c'était bien le sceau de la séparation et l'adieu éternel.

En offrant cette clef, notre lion s'en souvenait, Jane avait la gaieté aux lèvres, et sa jolie main ne tremblait pas.

— L'ingrate!

A ce mot qui venait de lui échapper, et qui franchissait les limites de la naïveté, Christian eut un éclat de rire sarcastique.

— L'ingrate! répéta-t-il. J'ai dit : l'ingrate! Me voilà qui me plains, ma parole! C'est une excellente histoire! Ah çà, où en serais-je si elle s'était jointe à ce brutal coquin de Saunders pour me forcer à l'épouser?... L'ingrate! je me trouve impayable! on mettrait ce mot-là dans un livre! Non, non, s'interrompit-il d'un ton raisonneur et rassis, elle ne m'a jamais fait que du bien, la pauvre Jane, et son inconstance est un dernier service!

Il se leva brusquement et repoussa son fauteuil d'un violent coup de jarret.

— Tout cela est bel et bon, fit-il en fronçant le sourcil, mais je suis prisonnier chez ce lunatique de commodore. Les cheveux de miss Amy deviennent plus fades, ses dents allongent. Il m'a semblé, hier au soir, qu'elle avait des yeux de porcelaine. Elle boude, sur ma foi, elle joue à l'Iphigénie sacrifiée par son père, et j'entrevois de temps à autre la figure de ce petit fat d'Edgard. Le commodore tout seul me fait ici bon visage, parce que je suis lion et qu'il est fou!

Il vint se planter devant la fenêtre et plongea ses regards mornes dans la brume revenue qui se collait aux vitres comme un voile. Il bâilla quatre ou cinq fois de suite avec emportement.

— Je m'ennuie! je m'ennuie! balbutia-t-il les larmes aux yeux et la mâchoire démise, je crois qu'on n'a jamais vu sur la terre un homme plus malheureux que moi! Je m'ennuie! je m'ennuie!

Sa voix avait des inflexions tout à fait extravagantes. Il essaya de battre une marche sur les carreaux, puis, saisi d'un véritable transport, il se prit les cheveux à poignées en criant :

— Miséricorde! miséricorde! je donne ma succession à celui qui me brûlera la cervelle!

Un domestique en livrée entr'ouvrit la porte, comme s'il eût voulu répondre à cet appel désespéré.

— Que voulez-vous? demanda Christian, copiant, à son insu, le bûcheron de la Fontaine.

— Ces messieurs désireraient bien parler à milord, répliqua le domestique.

— Quels messieurs?

— Les messieurs de tous les jours, le marchand de chevaux, le tailleur, le bottier...

Christian ne le laissa pas achever, il se mit dans une colère terrible : cela soulage; les malades du spleen cherchent l'occasion de se fâcher, comme les épagneuls indisposés courent après le chiendent.

— Les misérables! s'écria-t-il, ils ne me laisseront donc jamais en repos! Qu'ils aillent au diable!

Le domestique s'inclina. Christian prit son chapeau et l'enfonça convulsivement sur sa tête.

— Je ne sais pas, gronda-t-il, pourquoi je ne leur ai pas encore brisé les côtes!

Il gagna la porte de sa chambre à coucher.

— Que faut-il dire à ces messieurs? demanda le domestique.

— Que je les voudrais tous à cent pieds sous terre! répliqua Christian, qui rejeta la porte avec fracas et disparut.

Le domestique se tourna paisiblement vers l'anti-chambre.

— Messieurs, dit-il, donnez-vous la peine d'entrer, s'il vous plaît.

Carter, Lewis, Staunton et le doux Filowski passèrent aussitôt le seuil, chapeau bas et la bouche en cœur; le compliment préparé s'arrêta sur leurs lèvres.

— Eh bien! fit Carter, regardant tout autour de lui, milord n'est plus là?

— Non, messieurs, répondit le domestique.

— Il n'a rien dit pour nous?

— Oh! si fait, messieurs!

Les quatre courtisans se rapprochèrent, et le marchand de chevaux demanda d'un air empressé :

— Qu'a-t-il dit?

Le domestique les salua bien poliment et répliqua en tournant le bouton de la porte :

— Il a dit que vous alliez au diable!

Les fournisseurs échangèrent des regards assombris. Le domestique était déjà dehors.

— Mauvais! murmura Carter en secouant la tête do[...]
toralement.

— Mauvais, répétèrent Filowski, Staunton et Lewi[...]

— Messieurs, reprit le maquignon fashionable, il f[...]
prendre garde! Quand un lion n'a plus rien à désirer,[...]
se brûle la cervelle.

— C'est la règle! soupirèrent les trois autres en chœu[...]

— Que faire, cependant? demanda Lewis.

— Il n'y a plus qu'une seule chose, répondit Carte[...]
c'est de le marier.

Filowski haussa les épaules.

— Replâtrage! dit-il avec dédain et en polonais.

— Sa lune de miel durera tout au plus quinze jou[...]
fit observer Lewis.

— Eh bien! s'écria Carter, ne fabriquons plus et ch[...]
chons une autre combinaison. En attendant, écoulor[...]
nos produits : avec un peu de grosse caisse, quinze jou[...]
suffisent pour cela. Dans quinze jours, s'il se brûle l[...]
cervelle...

— Dame!... fit Staunton.

— Ma foi... appuya Lewis.

— Ça le regarde! acheva le tendre Filowski.

La porte s'ouvrit de nouveau, et le domestique annonç[...]
le commodore. Les fournisseurs reprirent leur attitud[...]
respectueuse. Par la porte ouverte, au fond de la pe[...]
spective des appartements, ils aperçurent un spectac[...]
bizarre. Le commodore était nu comme un ver, à l'ex[...]

ception d'un caleçon de boxeur qu'il portait autour des reins. Ses jambes maigres, longues et osseuses, s'agitaient en mesure; au bout de ses bras noueux et velus, on voyait ses mains recouvertes de gants fourrés qui faisaient le moulinet et lançaient des coups furieux dans le vide. Il avait un masque de fil de fer sur le visage.

— Parez! criait-il d'une voix essoufflée; la tête en arrière! la jambe de devant libre! Protégez la poitrine : le plus mauvais coup est au creux de l'estomac... Voilà le coup de Smith : tenez!

Il envoya une bourrade à la muraille.

— Le coup de Paulus est double et vient après trois feintes en changeant la main... Pan! pan! pan!... Vlan!

Il assomma la porte de deux coups de poing; puis il fit son entrée, toujours en garde, soufflant comme une baleine et ruisselant de sueur.

—

VIII

Cours de boxe.

— Bonjour, messieurs, bonjour, dit le commodore à travers son masque; je parierais cent livres pour moi contre James! James n'a que la force pour lui; moi, j'ai l'adresse et la science.

Il plia les jarrets et fit le dévidoir avec ses poings. Les fournisseurs le contemplaient avec admiration.

— J'ai vu bien des boxeurs..., commença Carter.

— Et de fameux boxeurs! poursuivit Lewis.

— Mais, reprit le marchand de chevaux, milord a je ne sais quelle façon à lui...

— La méthode! interrompit le commodore. Je pars d'un principe, n'est-ce pas? C'est de ne rien faire comme les autres. Quand je pense que les Français ont donné le nom de boxe à leur ignoble lutte! Un gentleman ne doit pas ruer comme un cheval, que diable! Les pieds sont faits pour marcher, les poings pour assommer; ne sortez pas de la nature !

Un murmure approbateur accueillit ces belles paroles.

— La boxe, dit sérieusement Filowski, considérée à ce point de vue philosophique, a quelque chose de grand.

— Voilà! interrompit Robert Davidson; moi, je mets de la philosophie dans tout! Et savez-vous pourquoi j'ai tant de gaieté ce matin, car je me sens gai comme pinson, malgré le brouillard? C'est que mon professeur de boxe, vous savez, Danie de Covent-Garden, vient de m'enseigner un coup nouveau, à l'aide duquel je lui ai immédiatement écrasé le nez.

— Vraiment! fit Carter.

— Ah! il n'y a que milord pour ces choses-là! dirent les autres en riant.

Le commodore marcha droit sur le maquignon.

— Boxez-vous? demanda-t-il en lui présentant le poing.

— Non, milord, non, pas du tout! balbutia Carter, qui recula de plusieurs pas.

— Alors, reprit le commodore, je vais vous enseigner le coup.

Il se mit en garde et rejeta la tête en arrière. Carter, sérieusement effrayé, reculait toujours.

— N'ayez pas peur, dit Robert Davidson en faisant deux ou trois passes courtoises autour des joues du malheureux Carter, on n'en meurt pas! Regardez bien, vous autres, c'est au nez que j'en veux!

— Mais, milord..., criait le maquignon suppliant.

— Un peu de complaisance! disaient les trois autres fournisseurs.

Le commodore était calme et souriant, mais à travers les trous du masque son regard fascinait Carter.

— Parez deux fois le coup droit du haut et du bas, reprit-il; changez la main... tournez en cherchant la ceinture... changez encore, cela fait deux fois... menacez dessous vivement, gagnez à la parade et détachez du poing droit en changeant pour la troisième fois.

Ce disant, il lança un coup de poing au maquignon qui bondit en arrière en hurlant. Les autres fournisseurs eurent la lâcheté d'applaudir.

— Ce n'est pas plus malin que ça! dit le commodore en reprenant haleine; deux feintes, un demi-tour et trois changements de main! Ne vous éloignez pas, monsieur Carter, je sais un autre coup qui est encore plus joli..

— Ah! milord, s'écria le marchand de chevaux perdant patience, je cède ma place à un autre.

— Eh bien, mettez-vous là, monsieur Filowski!

Le commodore parut se raviser tout à coup.

— Mais je suis bien bon, moi, s'écria-t-il, de vous donner des leçons pour rien, quand il m'en coûte deux guinées par séance avec Daniel Messieurs, je ne fais rien comme les autres, c'est vrai; mais je vous prie de ne point oublier la distance qui nous sépare. Vous êtes des commerçants, voilà tout, et je ne sais pas quelle idée vous avez de vouloir boxer avec un gentleman! Ne mêlons pas les castes, restons chacun à notre rang, et qu'une vaine ambition ne nous porte pas à franchir les limites! Eh! eh! s'interrompit-il avec une joie d'enfant, vous pouvez bien juger par cet échantillon que j'aurais fait un orateur distingué, si j'avais voulu. Mais, bah! parlons de choses sérieuses; je veux renouveler en bloc tous mes équipages.

Les figures un peu rembrunies des fournisseurs se déridèrent.

— Voitures, chevaux, mobilier, garde-robe, poursuivit Robert Davidson, je change tout de fond en comble. Pourquoi? Parce que je suis l'homme le plus heureux de l'univers, parce que ma maison est un temple où deux divinités se sont donné rendez-vous : le dieu de la mode, messieurs, et la déesse de l'amour. Lady Desdemone Bridgeton, mon illustre fiancée, va venir ici aujourd'hui même, et je possède déjà chez moi Christian Mac-Aulay!

Il exécuta un moulinet rapide et retomba en garde en répétant avec une indicible expression de bonheur :

— Christian Mac-Aulay!

Les fournisseurs firent comme s'ils eussent cherché en vain des paroles de félicitations à la hauteur de la circonstance.

— De sorte que, conclut le commodore, dont la voix tremblait d'émotion, mon toit abritera du même coup l'auteur de *David Rizzio* et le seul homme qui, dans l'ère moderne, se soit battu en duel avec une arquebuse du temps de Henri VIII!

On aurait pu lui objecter que l'adversaire de cet homme avait eu nécessairement le même honneur, mais sir Edgard Lindsay ne comptait point : ce n'était pas un original.

— Avez-vous été admis à saluer Mac-Aulay ce matin, messieurs? demanda le commodore.

— Milord, répondit Carter, nous avons fait tout ce que nous avons pu pour cela, mais il a pris la fuite à notre approche.

— Pourquoi?

— Il est attaqué d'un très-fort accès de spleen.

— De spleen! répéta Robert Davidson, dont la voix, tout à l'heure si joyeuse, prit incontinent des inflexions lugubres; le spleen! ah! ah!... il fait noir!... il fait gris!... Pourquoi tous ces papillons en deuil dans la chambre?

Il cessa de faire des passes, et ses bras détendus tombèrent le long de ses flancs.

— Ah! ah! gémissait-il, le spleen!... il a le spleen!

Il arracha son masque avec fureur et l'aplatit contre la muraille; il ôta ses gants fourrés pour se presser les tempes à deux mains.

— Ne voyez-vous pas que moi aussi j'ai le spleen? s'écria-t-il en jetant sur les fournisseurs des regards désespérés. Éloignez-vous! laissez-moi seul avec le découragement qui me torture!

— Mais Votre Seigneurie disait tout à l'heure..., voulut objecter Carter.

— Silence! M'a-t-on vu faire quelque chose comme un autre? Celui qui m'accuserait d'imiter quelqu'un, je le poignarderais. Allez-vous-en! Mac-Aulay n'a pas voulu vous voir. Vous me fatiguez d'une manière incroyable! Vous êtes gros, gras, souriants, bien portants, j'ai envie de vous faire jeter par les fenêtres! Ah! je me souviendrai de cet accès de spleen!

— Retirons-nous, messieurs, dit Carter en se dirigeant vers la porte.

— C'est cela, retirez-vous! Je n'ai jamais vu d'êtres aussi ennuyeux que vous!

Il se ravisa tout à coup, au moment où les fournisseurs passaient le seuil.

— Dites-moi, demanda-t-il, pensez-vous que Mac-Aulay songe à se détruire?

— Franchement, milord, répliqua le maquignon, qui gardait son coup de poing sur le cœur, cette crainte nous est venue.

— Il suffit, messieurs, prononça lentement le commodore en croisant ses bras sur sa poitrine; je vous fais mes adieux pour toujours. Vous ne me reverrez plus en ce monde. Je vais me suicider par la vapeur du charbon.

— Que dites-vous, milord? s'écrièrent les fournisseurs en rentrant dans la chambre.

— Cela vous semble commun? reprit Robert Davidson, qui réfléchissait; vous avez peut-être raison. Si la chute du Niagara n'était pas si éloignée... Tenez! il y a aussi le rocher de Leucade, d'où Sapho se précipita dans la mer; mais on peut se laisser mourir de faim comme Montaigu, ou avaler sa propre langue, selon le procédé ingénieux des Malais... Soyez certains, messieurs, que la mort ne démentira point ma vie et que je saurai trouver un expédient original pour me lancer dans l'éternité.

Il bâilla trois fois de suite, et si sincèrement, que ses yeux s'emplirent de larmes.

— Je m'ennuie, je m'ennuie, je m'ennuie! répétait-il en se démenant sur place comme un possédé.

Tout à coup il saisit le bras de Carter et celui de Filowski.

— Fermez toutes les portes! commanda-t-il d'une voix saccadée; si vous voulez, je vous admettrai à l'honneur de mourir avec moi!

Tandis que les fournisseurs restaient abasourdis, Robert Davidson s'élança vers une armoire d'où il retira un petit baril.

— De la poudre! s'écrièrent les malheureux marchands.

Le commodore ouvrait déjà son briquet de fumeur.

Heureusement qu'un pas léger se fit entendre dans le corridor voisin. Les fournisseurs soulagés s'écrièrent tout d'une voix :

— Lady Bridgeton! voici lady Desdemone Bridgeton!

Le commodore remit son briquet dans sa poche. Il s'avança vers la jeune femme et lui baisa la main d'un air tragique.

— Au point où j'en suis, madame, dit-il, quelques minutes de plus ou de moins ne sont pas une affaire. Je parlais tout à l'heure de Sapho, qui n'avait certes rien fait d'aussi fort que *David Rizzio* ou que votre *Étude sur le paupérisme*.

— Ah çà, mais vous êtes tout pâle, milord! interrompit Jane, qui le regardait avec étonnement.

— Avant de se détruire, répondit le commodore, Caton lut un *Traité sur l'immortalité de l'âme*. Je possède des livres pareils dans ma bibliothèque; mais pourquoi imiterais-je Caton, moi qui n'ai jamais imité personne? Milady, vous aviez en moi un admirateur enthousiaste...

— J'avais! interrompit Jane, mise au fait déjà par la pantomime des fournisseurs. Vous ne m'admirez donc plus, milord?

Robert Davidson montra le baril de poudre et déclama sourdement :

— Je ne suis plus de ce monde!

— Un verre d'eau! un verre d'eau! s'écria lady Bridgeton, comme si elle eût craint de se trouver mal.

Le commodore était bien fier de l'effet produit. Il avait tout lieu d'espérer une syncope sérieuse. On apporta des verres et une carafe; Jane saisit la carafe et en versa le contenu tout entier dans le baril.

— Je noie les poudres! s'écria-t-elle en éclatant de rire.

— Ah! madame, fit douloureusement le commodore, c'était ma dernière ressource! Mac-Aulay et moi nous avons un spleen affreux!

— Eh! milord, répliqua Jane, cela vous passera!

— Je suis sûr que Mac-Aulay s'est déjà fait sauter la cervelle.

— Du tout, milord, du tout! Je viens d'apercevoir M. Mac-Aulay dans le parc. Il a l'air excessivement joyeux.

— Vous êtes sûre de cela, milady?

— Très-sûre!

Le commodore regarda furtivement les fournisseurs.

— Voyez si je ne suis pas un être à part! murmura-t-il; tout à l'heure je songeais à me tuer, et maintenant j'ai le cerveau plein d'idées folâtres. Je suis gai, mais très-gai! je dis gai, au point de commettre quelque extravagance!

Il ébaucha un pas de polka sur le tapis.

— Il n'y a que vous pour cela, milord! fit Jane.

Les fournisseurs chuchotaient sans rire :

— Étonnant, sur ma parole!

— Véritablement unique!

— Rien comme les autres!

Le commodore, encouragé, se mit à chanter du gosier une gaudriole à porter le diable en terre.

— Milord, lui dit Jane, je suis charmée d'être venue; je ne connaissais pas encore ce côté joyeux de votre caractère. Puis-je vous demander si c'est ici votre appartement?

— Non, milady; j'ai cédé tout ce pavillon à Mac-Aulay.

— Ah! fit Jane, qui devint rêveuse.

Pendant qu'elle réfléchissait, le commodore disait aux fournisseurs :

— Vous voyez si je vous ai trompé? Ce n'est pas une visite; elle vient s'installer chez moi... Et dans les termes où nous sommes ensemble, je vous prie de croire, messieurs, que cela n'a rien de choquant.

— On peut regarder le mariage comme fait, dit Carter.

Le commodore inclina la tête en souriant et planta une chiquenaude sur le nez de Filowski.

Il était gai.

— Milord, reprit Jane en ce moment, vous m'avez dit que je pouvais choisir dans toute votre maison la retraite qui me conviendrait le mieux.

— Chère lady, de la cave au grenier, tout est à vous,

répliqua le commodore, qui ajouta, en se tournant vers les fournisseurs : Est-ce clair?

— Eh bien! dit Jane, j'ai déjà parcouru la plupart de vos appartements, mais je suis difficile; je voudrais me consulter.

— Je crois que milady a le désir d'être seule, souffla Carter à l'oreille du commodore.

— Voulez-vous que nous nous retirions? demanda celui-ci; parlez, vous êtes chez vous!

Jane s'inclina sans répondre.

— Allons, venez, messieurs! s'écria le commodore, nous avons, pardieu! de le besogne! Commençons par l'écurie, Carter. Ah! je suis extraordinairement gai, je veux dépenser de l'argent; venez, venez!

Il salua Jane et s'élança dehors, suivi des quatre fournisseurs.

Jane était seule; elle alla s'asseoir à la place occupée naguère par Christian. Il y avait sur le charmant visage de la jeune femme je ne sais quelle gravité vaillante et résolue; elle écoutait les bruits du dehors avec une inquiétude mêlée d'espoir.

— C'est ici qu'il s'est réfugié pour me fuir, murmura-t-elle; et moi je le poursuis. Chose étrange! à mesure qu'il s'éloigne de moi, je suis entraînée vers lui.

Elle demeura pensive durant quelques instants et perdue dans sa rêverie. Un bruit de pas l'éveilla en sursaut, elle se redressa; elle passa la main dans ses cheveux et drapa coquettement les plis moelleux de sa robe.

— Le voilà, dit-elle en essuyant une larme qui roulait sur sa joue un peu pâle. Du courage, pauvre Jane. Rappelle ton sourire pour livrer ta dernière bataille.

IX

Triomphe du commodore.

Christian jeta son chapeau sur un fauteuil en poussant un soupir de soulagement. Il avait vu passer les fournisseurs en compagnie du commodore; il se sentait débarrassé pour longtemps. Quand il reconnut Jane, il ne put retenir un geste d'étonnement.

— Vous ici? balbutia-t-il.

— Vous ne vous attendiez pas à me voir, Christian? répliqua la jeune femme.

— J'avoue que j'étais loin de penser...

— Et ma présence vous contrarie?

Christian était remis.

— Vous ne le croyez pas, Jane, dit-il en se penchant pour lui baiser la main avec galanterie. Il faut me pardonner mon premier mouvement, un reste de tristesse...

Et comme Jane l'interrogeait du regard, il ajouta en forme d'explication :

— Vous ne vous figurez pas comme j'étais triste ce matin; j'avais des idées de l'autre monde, un désespoir sans motif, des regrets absurdes qui me navraient le cœur. Mais j'ai pris le dessus; je nargue le passé maintenant, et Dieu merci! mon humeur est excellente.

— Je serais bien heureuse d'apprendre, dit Jane, que vous avez des sujets de joie.

— J'aime mieux vous dire que je n'avais pas l'ombre d'un sujet de peine. Je me faisais tout simplement des fantômes. Il me semblait, par exemple, que miss Amy ne pourrait jamais m'aimer.

Il haussa les épaules et poursuivit d'un air victorieux :

— Je viens de la voir; nous avons causé ; elle a été d'une bienveillance adorable! A vue de pays, rien ne sera plus calme et plus uni que notre ménage.

— Votre ménage! répéta Jane involontairement.

— Ce sera ce qu'on appelle un mariage de raison, acheva Christian qui mit ses mains dans ses poches.

— Allons! fit Jane en réprimant un soupir, nous en sommes donc au même point tous les deux; je fais, moi aussi, un mariage de raison.

Christian ferma les yeux à demi et prononça du bout des lèvres :

— En vérité, vous vous mariez, mon ange?

Jane garda un instant le silence; puis, au lieu de répondre :

— Mon Dieu, dit-elle, il y a des choses en ce monde qui au premier aspect repoussent et attristent.

— Je ne vous comprends pas, interrompit Christian dont l'attention s'éveillait malgré lui.

— Des choses bizarres, continuait la jeune femme, des choses tellement inattendues et si invraisemblables...

— Voyons un peu ces choses-là!

Jane releva sur son ancien amant son regard plein de mélancolie et prononça d'une voix ferme :

— Christian, je vais être votre belle-mère.

— Charmant! délicieux! s'écria le lion avec un éclat de rire un peu forcé; chaque fois que les femmes épousent un fou, elles prennent un air solennel pour dire : « Je fais un mariage de raison, » Ah çà, se reprit-il, je n'étais donc pas si loin de la vérité, l'autre jour! j'avais mis le doigt sur le plaie? Ambitieuse! ambitieuse! c'est là votre péché mignon, Jane. Mais je ne vous fais pas de reproches, au moins; tout est pour le mieux! Une chose impayable, c'est que ce petit fat d'Edgard Lindsay n'aura ni vous qui épousez le commodore, ni miss Amy que j'épouse. Il ne lui reste plus qu'à se pendre! Charmant! charmant, sur ma parole!

voilà ce que j'appelle un vrai dénoûment de comédie.

La colère montait au cœur de Jane; mais elle employait tout ce qu'elle avait de force à retenir sur ses lèvres le sourire qui voulait s'échapper.

— Ma foi, dit-elle, je n'osais pas le prendre avec vous sur un ton si léger, mais...

— Ma belle-mère, répétait Christian. Ah! l'excellente histoire!

— Mais, poursuivit Jane, du moment que vous me donnez l'exemple...

— Ah! de tout mon cœur, de tout mon cœur, c'est une situation unique et qui vaut son pesant d'or. Ah çà! puisque nous voilà mariés tous les deux, raisonnablement et convenablement, Jane, ma chère Jane, nous pouvons bien causer un peu comme de vieux amis.

— Pourquoi non! s'écria Jane gaillardement. Je vais vous dire, moi, ce qui gênait nos relations : c'étaient ces fatigants souvenirs d'amour.

— Fadaises, ma toute belle!

— Sottises, mon très-cher!

— Étions-nous assez enfants!

— Tenez, Christian, j'ai honte quand j'y pense!

— Je vais vous faire un aveu, Jane : je conservais une petite inquiétude à votre sujet, vous aviez beau me dire que vous étiez guérie...

— C'est absolument comme moi : je me défiais de votre froideur.

— On a vu des jeunes personnes se tromper elles-mêmes.

— On a vu des jaloux jouer la comédie de l'abandon.

— Mais, par exemple, dit Christian, dont la voix se fit à son insu plus lente et plus grave, quand vous m'avez donné cette clef de votre jardin...

— Quand vous l'avez prise avec un empressement si joyeux..., poursuivit Jane.

—J'ai senti comme un frisson au cœur! acheva Christian presque à voix basse.

— Comment! comment! s'écria Jane, un frisson? Mais j'ai été enchantée, au contraire!

— C'est qu'apparemment vous étiez mieux guérie que moi, Jane. Moi, voyez-vous, j'ai le cœur fait ainsi : il est des souvenirs qui ne pourront jamais s'effacer de ma mémoire.

Ce n'était plus pour garder son sourire que Jane se tenait à quatre; il y avait des larmes de joie sous sa paupière.

— Voulez-vous savoir? dit-elle pourtant avec un dédain parfaitement joué, cela me fait pitié, voilà tout!

— Vous êtes bien heureuses, vous autres femmes! soupira Christian.

Jane eût payé ce soupir au prix de dix années de vie, mais elle tint bon; elle l'avait dit : c'était sa dernière bataille.

Christian rêvait. Il poursuivit d'un ton langoureux :

— Ces chères promenades au bord de l'eau tranquille et bleue! Ces longs silences sous la voûte muette des grands arbres! Les heures si belles et si douces du premier amour! Que disions-nous, Jane, dans la voiture qui nous emportait loin de la maison de votre oncle? Je ne sais; je ne sentais plus mon âme; c'était comme un rêve plein de délices, et les bienheureux doivent se taire ainsi au paradis!

— Oui... oui, murmura Jane combattant son émotion victorieuse, vous dites vrai: c'était un rêve!

— Vous pleuriez, je m'en souviens. C'était avec mes baisers que j'essuyais vos larmes.

Jane était pâle; sa voix trembla quand elle dit :

— Ne parlons pas de cela, Christian, je vous en prie!

— Pourquoi? demanda Christian; c'est notre dernier jour; demain, ces souvenirs seraient coupables.

— Ils sont bien douloureux aujourd'hui! balbutia la jeune femme qui appuya ses deux mains contre son cœur.

— Pour vous, Jane, s'écria Christian, je ne dis pas. Mais pour moi, c'est ce petit coin de la mémoire où le cœur dresse religieusement un autel. Oh! qu'il était naïf et profond l'amour que je vous portais, Jane! Comme nos deux cœurs étaient bien faits l'un pour l'autre! car vous m'aimiez, vous aussi.

— Je le croyais, voulut dire la jeune femme.

— Taisez-vous! interrompit le lion avec chaleur, no

blasphémez pas, au moins! vous m'aimiez, je vous jure que vous m'aimiez! Depuis lors, vous avez changé, c'est possible et c'est mon malheur.

— Son malheur, répéta Jane en elle-même et en caressant ce précieux aveu tout au fond de son âme.

— Laissez-moi, reprit le lion, laissez-moi, je vous en supplie, cette pauvre consolation. Dites-moi...

— Eh bien, oui, Christian, je crois que je vous aimais.

Le lion lui avait pris les deux mains qu'il dévorait de baisers.

— Comme moi, balbutiait-il avec une ardeur toujours croissante, n'est-ce pas, Jane, comme moi, avec passion, avec délire, avec folie? Car c'était comme cela que je t'aimais. Et que tu étais divinement belle quand tes yeux adorés me parlaient d'amour! Mon Dieu, pas plus belle qu'à présent. Il faut qu'on m'ait jeté un sort! Sais-je, moi, où j'avais le cœur quand j'ai pu croire que je ne t'aimais plus!

Jane sentait vaguement qu'il fallait résister encore et que de la résistance dépendait la victoire; mais son sein battait et ses yeux se voilaient.

Timidement et gauchement, Christian voulut passer une main derrière sa taille.

— Je t'aime! répétait-il à satiété, je t'aime comme au premier jour, comme à la première heure de cette tendresse unique dans ma vie!

Jane le repoussait. Il ajouta avec explosion en l'entourant de ses deux bras qui tremblaient :

— Je te dis que je t'aime !

— Et moi je vous dis qu'il est trop tard ! répliqua Jane en lui échappant.

Christian s'éveilla comme d'un rêve ; sa tête se pencha sur sa poitrine ; il regarda Jane qui se tenait à quelques pas, émue et toute frémissante.

— Trop tard ! répéta-t-il machinalement. Est-ce vrai, cela ? Si vous m'aimiez encore, Jane, pourquoi serait-il trop tard ? Ne sommes-nous pas libres ? n'avons-nous pas jusqu'à demain ? Trop tard ! Est-il jamais trop tard pour réparer une faute ? Le destin de toute notre vie est là, Jane, et je vous parle du fond du cœur. Qu'y a-t-il derrière nous ? Tout un passé d'amour. Jetons un voile sur ces quelques semaines extravagantes et maudites, expions-les à force de tendresse et reprenons notre bonne vie d'autrefois, là où nous l'avons laissée.

— Quelle folie ! dit Jane qui baissa les yeux pour que ses regards émus ne pussent démentir ses paroles.

Christian frappa du pied.

— Et s'il nous plaît d'être fous ! s'écria-t-il ; je renonce à tout de grand cœur ; dans l'univers entier il n'y a que vous pour moi, Jane. Et vous avez beau faire, il n'y a que moi pour vous !

— Comme vous arrangez cela !

Christian se laissa glisser jusqu'à terre et s'agenouilla.

— Je suis assez puni, murmura-t-il doucement;
regarde-moi, Jane... et ne mens pas... Tu m'aimes?

— Non! non! balbutia Jane en détournant la tête; je
ne veux pas vous aimer!

Christian devina qu'elle pleurait; il ne parla plus; il
l'attira tout doucement vers lui et mit un baiser sur ses
lèvres. Jane tressaillit entre ses bras, puis elle lui jeta ses
mains autour du cou. Elle pleurait encore, mais elle
souriait aussi.

— Méchant! dit-elle tout bas et d'une voix tremblante;
oh! que tu m'as fait de mal.

— Tu vois bien! s'écria le lion qui se rassit auprès
d'elle; c'est le destin, ma pauvre amie! Nous ne pour-
rons jamais nous débarrasser l'un de l'autre!

Jane restait immobile; elle pensait :

« Je me suis laissé vaincre trop vite! »

— Ma parole, reprit le lion avec bonhomie, mais sans
aucune espèce de lyrisme sentimental, si ce n'était la
mauvaise honte, je crois que je t'épouserais tout de suite.

— Je ne vous demande rien, Christian, fit Jane qui
redevenait pâle.

— Ne te fâche pas! Je parle en bon bourgeois; je ne
serai content que quand je t'appellerai ma femme : c'est
convenu. Mais quel esclandre, songe donc! dans cette
maison, où tu as un fiancé et moi une fiancée! Il faudrait
un moyen, un expédient...

Jane était si heureuse de l'entendre parler ainsi

sérieusement et sans phrases qu'elle restait là comme engourdie dans sa béatitude. Elle avait eu terriblement peur au moment où Christian s'était relevé, mais maintenant la blessure de son âme était guérie. Elle croyait plus à cette promesse simple, bourgeoise, selon l'expression de Christian, qu'à tous les serments du monde.

— Ah çà! tu ne peux donc pas chercher! s'écria le lion avec impatience.

— Je cherche, murmura Jane par manière d'acquit.

Elle ne cherchait pas; elle contemplait Christian qui était encore son Christian à elle, et ce n'était pas trop de toutes les facultés de son être pour savourer ce grand, cet immense bonheur!

— Si seulement, pensait tout haut le lion qui en avait fini avec la rêverie, si l'on pouvait se procurer un motif plausible... n'importe quoi... un cas de force majeure... enfin, je ne sais pas, moi, quelque bonne petite violence?...

Pendant qu'il parlait, la porte située derrière lui s'ouvrit tout doucement, et au moment où il prononçait ces mots : *bonne petite violence*, le fermier Saunders de Newcastle entra dans la chambre avec ses épaules herculéennes et son énorme gourdin. Au même instant, ce coquin de Tom Borne montrait sa face bilieuse au seuil de la porte principale.

Saunders frappa le sol du bout de son bâton et s'appuya dessus comme le bourreau des tableaux couleur moyen âge s'appuie sur le manche de sa hache. Jane poussa un cri de frayeur; Christian, qui d'abord avait regardé Tom Borne, se retourna vivement.

« Mon oncle! pensait Jane; il va tout perdre! »

Un sourire franchement joyeux était sur les lèvres de Christian.

— Pardieu! s'écria-t-il, voici l'affaire : cas de force majeure, bonne petite violence, notre oncle et son vénérable gourdin!

Saunders de Newcastle ne comprenait pas encore et le regardait d'un air inquiet.

— Bonjour, notre oncle, reprit le lion en lui tendant la main, soyez le bienvenu cette fois et prêtez-moi votre gourdin... N'ayez pas peur : c'est pour assommer ce drôle!

Il montra Tom Borne qui fit un pas en arrière.

— Je n'ai plus de secret, maraud, reprit encore Christian et je payerai désormais en coups de canne.

— Alors, répliqua Tom Borne qui fit demi-tour sur ses deux talons, je vais chercher une place de portier, car on ne peut pas vivre de l'air du temps.

Jane avait tendu son beau front à Saunders qui restait indécis et toujours immobile.

— Allons, notre oncle! s'écria le lion gaiement.

Saunders lui mit sa large main sur l'épaule et le regarda en face.

— Je veux bien faire la paix, mon voisin de campagne, dit-il avec un reste de rancune, pourvu qu'il n'y ait pas de porte de derrière.

Christian éclata de rire; Saunders serra son gourdin et ajouta en s'essuyant le front :

— Ah! ah! vous pouvez vous vanter de m'avoir fait courir!

— Rassurez-vous, notre oncle, dit Christian, et chargez-vous seulement du vicaire : les témoins ne nous manqueront pas!

Il alla ouvrir la porte par où Tom Borne était sorti. On entendit un bruit de voix dans le corridor, et presque aussitôt après, le commodore entra, tenant sir Edgard sous le bras. Miss Amy venait ensuite, baissant les longs cils de sa paupière pour dissimuler son sourire espiègle. Carter, Lewis, Staunton, Filowski et une demi-douzaine d'autres fournisseurs fermaient la marche.

— Ces messieurs m'ont fait leur devis, disait Robert Davidson à Edgard, cela me coûtera deux mille livres sterling : ce n'est pas cher! Il faut bien fêter les deux mariages. J'avais oublié de vous dire que les deux mariages sont arrangés définitivement. Vous êtes contrarié, que voulez-vous? Faites un retour sur vous-même, Edgard, mon ami, et vous comprendrez que vous êtes trop comme tout le monde pour entrer dans ma famille!

—Cependant, milord, votre fille..., voulut dire Edgard Lindsay.

— Tiens! voici Mac-Aulay! s'écria le commodore. Il a bonne mine, je sens que je me porte bien!

— Votre fille..., insista sir Edgard.

— Assez, monsieur, je vous prie!

— Pourtant, milord, dit Jane qui s'avança vers lui, si vous tenez à vous allier à l'auteur de *David Rizzio*...

— A l'auteur des savantes études sur le paupérisme, ajouta Christian.

— Si j'y tiens, milady! fit le commodore en baisant galamment les mains de Jane, vous me demandez si j'y tiens!

— Je vous le demande, milord, parce que sir Edgard Lindsay...

— Qu'a-t-il de commun, je vous prie, avec lady Desdemone Bridgeton?

Amy, incapable de se contenir, serra en passant les mains de Jane et se jeta au cou du commodore.

— Mon père! mon père! s'écria-t-elle, c'est lui, c'est sir Edgard qui écrit sous le nom de lady Bridgeton.

Le commodore resta foudroyé, puis il se tourna vers le cercle immobile des fournisseurs comme pour chercher un appui dans sa détresse.

— Comment, balbutia-t-il, comment! Gardons-nous de plaisanter sur des sujets si graves. Le dithyrambe sur l'Irlande, le *Traité du paupérisme*, et ce superbe drame qui a fait rire et pleurer les trois royaumes....

— Ma foi, milord, dit Edgard avec brusquerie, je vous demande grâce pour ma modestie, car je suis positivement l'auteur de tout cela.

Le commodore regarda sir Edgard d'en bas, comme si

ce dernier eût grandi subitement de vingt coudées.

— Ah! diable, grommela-t-il, j'ai toujours été votre ami, Lindsay, vous le savez bien. Ah! peste.... Mais milady, alors?

Christian avait pris la main de Jane.

— Cher lord, dit-il, la pauvre Jane est ma femme, voilà tout, et sur mon honneur, je ne désire point qu'elle sache faire des dithyrambes, des traités ou des drames.

— Sa femme! répétèrent les fournisseurs pris d'inquiétude.

— Votre femme, Mac-Aulay, votre femme? s'écria le commodore avec agitation; mais alors... et ma fille?

— Mon père, répondit la blonde Amy, qui tendit la main à Edgard, moi, je ne me plains pas.

Le commodore croisa ses bras sur sa poitrine et baissa la tête dans l'attitude de la réflexion; tout à coup le rouge lui monta au visage et les veines de son front se gonflèrent.

— Je pense que je vais m'emporter, gronda-t-il; tout le monde me paraît content ici ; moi seul je suis victime.

Il se creusait la cervelle pour trouver un moyen original et nouveau de manifester sa colère. Christian lâcha la main de Jane. Il alla prendre à l'un des trophées de sport suspendus à la muraille une toque de jockey et une cravache.

— Vous, milord, dit-il avec solennité, croyez-moi,

vous avez le beau lot. J'étais lion, je veux rentrer dans la vie privée; j'abdique en votre faveur : voici mon sceptre et ma couronne.

Il lui présenta la cravache et le coiffa de la casquette en ajoutant :

— Vous êtes lion légitime, milord.

Ce n'était pas le compte des fournisseurs, qui voulurent s'interposer. Christian les envoya au diable pour la seconde fois et de bon cœur. Il donna une grosse poignée de main à l'oncle Saunders, qui était là déjà comme chez lui, et glissa le bras de Jane sous le sien. Edgard avait rejoint Amy, et le vicaire allait avoir double besogne.

Le commodore cependant était resté comme frappé de la foudre avec sa casquette sur la tête et sa cravache à la main.

— Lion! murmurait-il, écrasé sous cet honneur inattendu; je suis lion! Il y aura des gilets Robert, des redingotes Davidson .. et Parallellipipède sera un cheval célèbre!

Les larmes lui vinrent aux yeux.

— Soutenez-moi, monsieur Lewis, reprit-il d'une voix faible, c'est trop d'émotions! Quand je pense que ma fille épouse une femme auteur... c'est-à-dire... Enfin, vous comprenez bien! Veuillez vous réunir tous autour de moi, ajouta-t-il en se redressant; je crois qu'en cette circonstance il est à propos de prononcer un discours...

Jeunes époux! une longue carrière s'ouvre devant vos pas; vous allez parcourir des sentiers fleuris... hum! et le fleuve du bonheur... hum! hum!... dont les rives en chantées...

Jane lui prit la main d'un côté, Amy de l'autre.

— Un lion doit rester célibataire, poursuivit Robert Davidson avec une nuance de mélancolie dans la voix; je serai le premier lion veuf, et c'est encore une originalité. Messieurs, s'interrompit-il en s'adressant aux fournisseurs désappointés, je vous continuerai ma confiance dans la nouvelle et importante position que j'occupe.

— Ah! milord!... dit Carter.

— Bravo! s'écrièrent les autres.

La figure de Roberd Davidson s'illumina.

— Messieurs! s'écria-t-il en étendant la main, je m'engage à faire journellement les choses les plus extraordinaires. J'y ai songé souvent : nous sommes encore à l'enfance de l'art. Des huîtres! que diriez-vous d'un homme qui dévorerait les écailles? Ne peut-on s'habituer à marcher à reculons sur le trottoir? Et tenez, il y aurait une excentricité qui ferait fureur; ce serait de venir dans le parc Saint-James en habit de cour et en bas de soie, et de tirer des coups de carabine dans les fenêtres de la reine!

— Mon père!... dit Amy effrayée.

— Calmez-vous, milord! fit Christian.

— Messieurs! acheva le commodore qui tourna tout à coup à l'attendrissement, je le ferais comme je le dis; rien ne me coûtera pour mériter le titre de lion! Je termine cette improvisation en émettant le vœu que vous ayez spontanément l'idée de me porter en triomphe, moyennant quoi je vous invite tous à la noce de ma fille!

— Bravissimo! vive le lion! crièrent les fournisseurs en l'entourant.

Pendant qu'ils le juchaient sur leurs épaules, le commodore leur dit confidentiellement :

— Ce pauvre Mac-Aulay n'était pas le Pérou! Des tigres! quelle platitude! Voici une idée qui me vient! Il y a au jardin zoologique un éléphant malade; je l'achèterai coûte que coûte! je le combattrai en public et sans trembler, au moyen de fusées à la Congrève; je le tuerai. Avec sa peau, nous ferons...

Il s'arrêta, saisi d'un scrupule honorable. Hercule, fils de Jupiter et d'Alcmène, ayant étranglé un lion dans la forêt de Némée, se tailla un manteau dans le cuir de ce monstre; or Robert Davidson ne voulait imiter personne, pas même Alcide. Heureusement Filowski lui glissa quelques mots à l'oreille, et le commodore conclut en caressant le menton de cet ingénieux Polonais :

— C'est cela, parbleu! avec la peau de l'éléphant, nous ferons des bottes à la commodore!

FIN

NOUVELLES PUBLICATIONS

(OUVRAGES COMPLETS.)

LES AVENTURES DU PRINCE DE GALLES, par L. Gozlan, et Melle CARDONNE, par A. de Gondrecourt, 2 volumes.
GENEVIÈVE GALLIOT, par Xavier de Montépin, 2 volumes.
LA MARQUISE DE RUMINI, par A. Maurage, 2 volumes.
CONTES DE CH. DICKENS, par Amédée Pichot, 1 volume.
LA DERNIÈRE BOHÉMIENNE, par Mme Ch. Reybaud, 2 vol.
LES FEMMES, par Alphonse Karr, 1 volume.
LES PLAIES DE FAMILLE, par Élie Berthet, 2 volumes.
SOPHIE PRINTEMPS, par Dumas (fils), 2 volumes.
UN BOL DE LA MODE, par Xavier de Montépin, 2 volumes.
LES MAITRES SONNEURS, par George Sand, 3 volumes.
UN FILS DE FAMILLE, par Xavier de Montépin, 2 volumes.
LE PASTEUR D'ASHBOURN, par Alexandre Dumas, 4 volumes.
FOYER BRETON, par Émile Souvestre, 2 volumes.
MADEMOISELLE LUCIFER, par Xavier de Montépin, 2 volumes.
VOYAGE EN ZIGZAG, par Topffer, 3 volumes.
LES PRÉTENDANTS DE CATHERINE, p. A. de Gondrecourt, 4 v.
MÉMOIRES D'UN MARI, par Eugène Sue; 3 vol.
LE CLUB DES HIRONDELLES, par Xavier de Montépin; 3 v.
LE CHEVALIER D'ESTAGNOL, par le Marquis de Foudras; 6 v.
LA FILLEULE, par Georges Sand; 3 volumes.
LE COMTE DE LAVERNIE, par Auguste Maquet; 4 volume.
LA MARE D'AUTEUIL, par Charles Paul de Kock; 2 volumes.
L'AUBERGE DU SOLEIL D'OR, par Xavier de Montépin; 2 v.
LA CHASSE AUX COSAQUES, par Gabriel Ferry; 3 volumes.
ADELINE PROTAT, par Henri Murger; 3 volumes.
MONT-REVÊCHE, par George Sand; 3 volumes.
GILBERT ET GILBERTE, par Eugène Sue; 6 volumes.
LE VEAU D'OR, par Frédéric Soulié; 2 volumes.

Aussi nous prions les Abonnés qui désirent se qu'ils auront terminées de choisir dans notre Catalogue nouveautés qu'ils veulent composer leur Série.

SOUS PRESSE

COMTESSE DE CHARNY, par Alexandre Dumas.
CORBELAINE, par Émile Souvestre.
ISAAC LAQUEDEM, par Alexandre Dumas; 2 volumes.
LES MÉMOIRES DE GEORGE SAND; 2 vol.

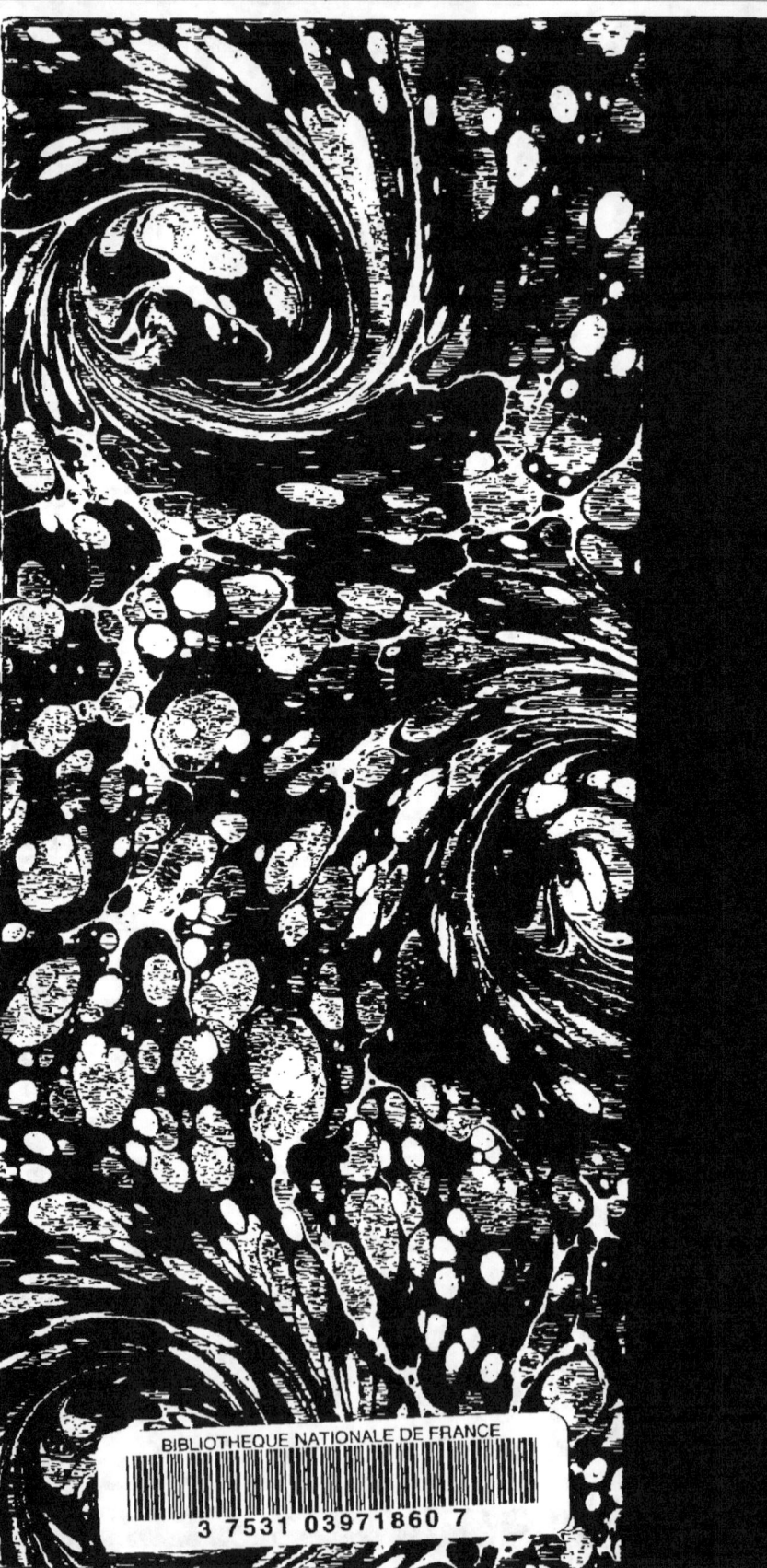